Somewhere Towards the End

暮色将尽

Diana Athill

[英] 戴安娜·阿西尔 著

曾嵘 译

四川人民出版社

献给萨莉、亨利、杰萨米

和比彻姆·巴格纳尔

褪下皮囊

与骨共舞

何罪。

　　——埃德加·莱斯利 *

* 埃德加·莱斯利（Edgar Leslie，1885—1976），
美国词曲家，题词节选自其 1929 年作词的歌曲
《与骨共舞，何罪》（*T'ain't No Sin：To Dance
Around in Your Bones*）。

导　言

　　戴安娜·阿西尔是 20 世纪英国最杰出的编辑之一，更是那个时代少见的女性编辑。在五十多年的编辑生涯中，她发掘了《简·爱》前传、著名的女性主义小说《藻海无边》的作者简·里斯、诺贝尔文学奖得主奈保尔等不少文学大家，并和西蒙娜·波伏娃、菲利普·罗斯、约翰·厄普代克、玛格丽特·阿特伍德等众多著名作家密切合作，直到 76 岁才退休。她一生未婚，在退休后又开启了写作事业，创作了一些小说和多部回忆录，并凭借《暮色将尽》这部漫谈老年生活的回忆录斩获了 2008 年的科斯塔传记奖。

　　这部传记写于阿西尔 89 岁时。阿西尔的家族有长寿基因，她的外婆和母亲都在生活能基本自理的情况下活到了 90 多岁高龄，而她本人更是创下了家族的长寿记录——这位出生于 1917 年的女性，在见证了波澜壮阔的一整个世纪后，于 2019 年 1

月在伦敦一家临终关怀医院过世，享年101岁。

在本书中，她回忆了自己看似"特立独行"的大半生，坦率地提起人们在生活中常常避而不谈的话题：开放式关系，衰老带来的性欲消退，以及每日都更迫近的死亡阴影……或许是因为写作时已年近90，根本无意顾及其他，阿西尔的讲述既幽默又极坦诚，常常令人心头一颤，又不由露出会心的笑。

阿西尔出生于英国诺福克郡一个富足的知识分子家庭，父亲从小教育她必须学会靠自己谋生，因此，当她从牛津大学毕业后，并未像当时传统女性一样首先考虑婚嫁问题，而是开始为自己的职业道路做筹谋。当时女性面临的职业选择非常少，教学和护理是最常见的两项，但对阿西尔来说，面对这两项工作如同面对"一桶冷掉的粥"一般索然无味。随后，"二战"的爆发扰乱了一切秩序，也为阿西尔开辟了新的方向，她得到了在BBC新闻部工作的机会，也正是在那时，她结识了后来一生的工作伙伴——安德烈·多伊奇。

安德烈·多伊奇是一个踌躇满志的出版商，阿西尔曾和他短暂相恋，后来退回朋友关系。战后两人共同创立了20世纪英国知名的独立出版公司——安德烈·多伊奇出版公司。虽然身为创始董事，但阿西尔的地位和收入却远不及多伊奇。在当时的出版行业，女性一般只能承担一些助理或者宣传工作，像阿西尔这样独立的编辑本身已是极为少见，再加上阿西尔自己也不愿做一个"出版商"，在她来看，"编辑"和"出版商"有很大区别。多伊奇是一个典型的"出版商"——他是个没有生活、狂热工作的生意人。他有无限充沛的精力，懂得如何包装宣传，如何进行商业运作，性格也相当强势，甚至有严重的大男子主义。而阿西尔的兴趣只在于做一个"编辑"——她有着敏锐的文学判断力和眼光，发掘、引进了波伏娃、阿特伍德、菲利普·罗斯、厄普代克等一系列杰出的作者；并在与作者的讨论中提出中肯的建议，帮助他们写作，这是她的热情所在。同时，她还需要工作和生活有明确的界限，她直言："虽然我有时会为自己在工作中的能力有限而感到羞愧，但我认为，个人生活比工作更重要，我并不为这个理念而感到羞愧——这是每个人都应该做的。"

分工与定位的差异是阿西尔与多伊奇五十多年来合作无间的基础，但同时也造成了她常常难以为自己争取到应有的权益。她不是没有懊恼过，她太了解，"所有的出版工作都是由众多收入不高的女性和少数收入高得多的男性共同进行的"，这种不公平的现象在许多人眼中早已习以为常。但即使对已经足够优秀的阿西尔来说，反抗依然是一件艰难的事：

"我在很大程度上被'取悦男性'的社会环境塑造着，许多和我同龄的女性一定会记得，我们常常以男性的目光来审视自己，我们明白，如果我们变得坚定而自信，做出在男人看来'可笑无聊'的举止，那将会发生什么。于是，这些举止在我们自己眼中，也开始变得可笑无聊了。即使是现在，我也宁愿转身走开，而不愿冒着嗓子变尖、脸变红的风险去做些什么。就这样，我陷入了一种令人作呕的耻辱感，我用自己愚蠢的无能削弱了自己正当的愤怒。"

这种无可奈何的妥协令阿西尔始终难以彻底摆脱经济困扰，即使已经成为业界令人瞩目的编辑，她的年薪却从未超过 1.5 万英镑。直到七十多岁，仍未能在伦敦买到一座属于自己的房子，以至于当九十多岁高龄的母亲需要人照顾时，她只能每周往返于诺福克和伦敦两地，这样奔波的日子持续了一年之久。

当然，这份工作确实带给了阿西尔足够的成就感，她在另一本讲述自己编辑生涯的回忆录 *STET* 中曾详细写到这种乐趣：她和简·里斯保持通信近十年，讨论《藻海无边》的创作与修改。当简·里斯采纳了她的建议并交出初稿时，她难掩激动地想到"我正在干预的这本书显然可以成为一部天才之作"。她冒着被禁止出版的风险，也要坚持引进诺曼·梅勒的《裸者和死者》，因为这是一部毋庸置疑的好书。她欣赏奈保尔的文学天才，尽管他以性格糟糕闻名，她仍然可以通过"自我洗脑"来忍受对方无穷无尽的情绪发泄，甚至还想出了一个心理暗示法——假设奈保尔是一个虚构的卡通人物，这样他的怪癖就只会令人感到惊奇和可笑了。

如果说工作中的阿西尔是理性克制的，那么生活中的她则洒脱而随性，甚至对我们当下的女性来说，都相当具有先锋意义。尽管她并非是扛起女权主义大旗、为了公共权益而奔波的那群人，但她同样是那个时代极少数清醒而坚定地以践行自我为人生首位的女性。

阿西尔在年轻时经历过两次浪漫爱情之后，便基本确立了自己独身主义的生活方式——"我对男人没有期待。唯有独处时，我才真正感到完整。"当然，她依然会谈恋爱，依然有性生活，但这些关系都维持在最恰当的范围之内，它们"几乎都很令人兴致勃勃"，但"没有一次走到足以伤害我的程度"。而对于婚姻——"在那样的年代，如果一个男人想娶我，实际上还真有三个人这样说过，我的感觉就像是格劳乔·马克斯对着想拉他入会的俱乐部的感受：不屑。"

　　甚至在"成为母亲"这件事上，她的所有选择都令人惊讶地把"自我感受"放在了首要位置。很长时间以来，她一直没有对小孩产生过多大热情，但说不清是出于生物学还是社会学方面的因素，在四十多岁时，她突然非常想成为一个母亲，随后便怀孕了。可意外出现，在怀孕四个月后，她流产了。不同寻常的是，阿西尔流产苏醒后的第一反应并非沉浸在失去孩子的悲伤之中，反而生出一种欣喜之情："我还活着！我感受到完整的自己，而其他的一切，都不再重要了。这是前所未有的最强烈感受。这种感觉将失去孩子的悲伤扫荡一空。"在这之后，她也并未受此困扰，她依然相信自己能成为一个好母亲，但对于失去这个机会，她却不得不承认，自己并不介意。她坦承自己的自私与懒惰，并说这两项或许是她人生的憾事，但她并不为此感到自责，"止于此就行了吧，因为天天看着不好的一面是相当无聊的事"。

　　阿西尔的人生为我们展现了一个独特的女性样本，她既有艺术家一般开放自由、洒脱丰沛的心胸，又有冷静克制甚至出于务实而进行一定妥协的理智。在她的讲述中，我们能看到，在 20 世纪动荡的欧洲，一个普通的知识分子女性，是怎样在与世界的周旋中安全生存下来，并维护好自己的精神世界的。

在 2009 年多伦多国际作家节开幕式中，92 岁的阿西尔与 78 岁的艾丽丝·门罗进行了一场对话，两人都笑着认可道，年纪大了之后很少会在意外界的目光，更少会受尴尬困扰，这令她们感到更加自由。在这本书中，阿西尔将为我们展开更多关于此的讲述，告诉我们她自 76 岁退休后的生活，她如何从一名编辑转变成了一位写作者，如何以其特有的洒脱与理性看待衰老这件事，并如何在人生的暮色中，"让自己好好地成长，也让自己好好地变老。"

编者

2022 年 5 月

目 录

从卧室俯视出去，我看见公园不远处搬来一户人家，还养了一群哈巴狗，大约五六只活泼可爱的小东西们，没有一只像常见的小狗那样因为超重而胖胖乎乎。我常在清晨看到它们四处溜达，看着它们，我感到内心一阵刺痛，因为我一直都很想养只哈巴狗，但现在，我知道这已经不太可能了。你想想，我已经这么老了，却还想买只狗来陪我散步，这对小狗也太不公平了吧。当然，我也可以找人帮我遛狗，可是，养狗最大的乐趣不就是和它一起到处溜达吗？看着它发现新路时兴高采烈，解开牵狗绳时欢欣雀跃，高兴地在草地上跳来蹦去，还不时开心地回头看看你是不是跟在后面。我本来也有一只狗，现在年事已高，相对而言，狗儿和我的年纪也差不了多少（我今年八十九了）。除了每天给它喂的那点儿狗粮以外，它已别无所求，但我还是很喜欢看别人家的小东西们高兴地忙前忙后。

我是在狗的陪伴下长大的，所以不太理解为什么有些人不喜欢狗。这种动物被人类驯养的历史很久了，与人生活在一起似乎天经地义，如虎入丛林一般自然。它们已成为人类能透彻了解其情感的唯一动物种群。它们的情感与人类何其相似，只是看起来形式简单些罢了。当一只狗焦虑、愤怒、饥饿、迷惑、快乐或充满爱意时，它将这些情绪以最纯洁的形式呈现出来，我们也能感受得到，只不过人类的这些情感早被日益增长的复杂人性扭曲变形了。狗和人类因此在简单却深刻的层面彼此相通，我多想再养一只黑色绒脸小哈巴狗，重新体验这一切啊，可是不行，不可能了！

今天早晨我还发现了另一件显然也不再可能的事情。我不久前在汤普森－摩根园艺种苗公司的植物邮购目录里看到一张树蕨的照片，标价十八英镑[1]，对这么一个新鲜玩意来说，这个价格倒也公道。要知道我几年前在多米尼加的森林里就爱上了树蕨。打那时起，我就知道这类植物在英式花园里可以成活，因此我打电话订购了一棵。今天上午，包裹到了。我当然知道不可能收到一棵和照片上一模一样的大树，但我本以为会是个相当大的包裹，没准还需要特别投递呢。结果我却收到一个不足十二英寸[2]的普通邮包，里面放着一个三英寸大小的罐子，罐子里头，四片脆弱的小叶子刚刚冒出头来。我不知道树蕨生长速度快慢，即使长得很快，我也不大有希望看到这株小苗在我家花园里长大，长成我想象里的样子了。当然我会尽量让它在罐子里朝这个方向努力，至少希望能坚持到从罐子里移植

---

1 1英镑约合 8.5 人民币。——译者注（本书若无特别标注，均为译者注）

2 1英寸约等于 2.54 厘米。

到地上，我想它未来的样子应该不错，可是，总难免觉得这种努力有些不值得。这事让我想起简·里斯[1]常说的一句话，她每次喝醉了，就说："我有点醉了，好吧，我醉得厉害。"关于变老这件事，她从未说过："我有点难受，好吧，我难受得厉害。"但毋庸置疑，若不是因为她太痛恨或太害怕变老才绝口不提，否则她一定会这么说的。

简是我的反面教材之一，她向我展示了人如何逃避想起变老这一事实。对她来说，未来充满了怨恨和绝望。有时她会很挑衅地宣称要把自己几近灰白的头发染成鲜红，但从未实施，而没这么做的原因，我想倒不是因为她没有精力去做，而应该归功于她依然还有那么点理性，知道这么一弄她自己

1　简·里斯（1890—1979），出生于加勒比海岛国多米尼克的英籍女作家，虽已逝去多年，如今仍具先锋意义。她在1966年出版的最后一部长篇小说《藻海无边》以夏洛蒂·勃朗特名作《简·爱》前篇形式呈现，是她的最佳作品。阿西尔是简·里斯多年的编辑和老友，为她出版了《藻海无边》等多部作品。

看起来一定相当诡异。有时，当然这种时候很少，在稍微喝点酒之后，她会感觉好一些。但大多数时候，一喝酒她就牢骚满腹、脾气暴躁。她觉得变老会让她的生活悲痛凄惨，也确实如此吧。尽管有一次她深陷这种悲惨状态时，絮絮叨叨抱怨的是一些不那么重要的其他事情。而真正导致她觉得悲惨的头等大事，永远不能触及。但她也说过一次，说已经预备了自杀药包以防万一。她最近几年都必须靠安眠药入睡，因此在床头柜抽屉里攒了很大一堆药片。如果情况太糟，也许能用上。情况从未变得太糟吧，因为她去世后我检查了她的抽屉，那堆药片完好无缺。

生于保加利亚的诺贝尔文学奖获得者埃利亚斯·卡内蒂[1]是我看到的另一个反面教材，他挑战死亡的方式与简的惶恐不安相比显得更加愚蠢。作为一个典型的中欧人，他遵循传统，一旦遇到不可

---

[1] 埃利亚斯·卡内蒂（1905—1994），生于保加利亚的英籍作家，1981年获诺贝尔文学奖，代表作《迷惘》《人的疆域》。

理解之物就建立一套抽象思维体系来对付，但这种思维与很多英国人的想法并不相宜，结果是他过高估计了自己的想法，竟发表了整整两大本自己写的格言。我从未见过此人，但我知道这些书，因为我就在其出版商安德烈·多伊奇出版社工作。卡内蒂以从纳粹德国逃脱的难民身份在英国待了很长一段时间，但却非常激烈地与英国人作对，也许是认为英国人不承认他的才华（他当时还没有获得诺贝尔奖），他决定永不在此出版自己的作品。但汤姆·罗森塔尔后期接管了出版社后，他想起汤姆曾经对他不薄，终于同意让我们出版他的书。但条件是必须先出那两大本格言集，并且必须连书面封套都按美国版本复制，原因是那个版本的每一个标点符号他都已经确认过。如此一来，他的英国编辑，也就是我，除了再次拜读一遍他的大作之外，没什么需要做的，这让我倍感耻辱。应该承认，他写的很多格言都言简意赅，其中一些还谈得上有些见地，但总的来说，那是多么以自我为中心的浮夸之文啊！读到最后，他的文字简直变成了胡说八道，重复内容随处可见，宣称自己"拒绝死亡",终于让我忍无可忍。

后来我认识了他过去的一个情人,奥地利画家玛丽·路易斯·莫泰希茨基。当时这个女人正优雅地迈入八十高龄,尽管她的身体正因严重的带状疱疹忍受着剧痛,尽管她的人生经历已将她击溃,但她绝对是值得人们多看两眼的人物。

认识她纯属偶然。当时我的朋友玛丽·赫尔登正打算在伦敦汉普斯特德区租一间房子,既作卧室又兼起居用。有一天,她告诉我说遇到一个非同寻常的老女人,有个很不错的房间,遗憾的是房间不太符合她的想法。不过,这个女人让她印象深刻,所以她已经邀请这女人去喝茶了,而且想让我也去见见。这个女人到底有何值得称道之处?见面自然就知道。但不管怎样,玛丽觉得这个女人至少曾经是卡内蒂的情人,她的书架上堆满了曾属于他的书籍,她的房子也曾属于他。我于是去和她们喝茶,这个女人确实也给我留下了深刻印象:她非常有趣、温暖、有魅力,而且随性。当她听说我是卡内蒂的图书编辑后,立刻兴奋起来,也不管我是不是从未见过他，就很投入地对我说起他们之间的事，如何在做了二十多年朋友和情人后，才发现他原来有妻室儿女。她说她知道这事听起来有点不大可能，主要是因为她一直生活在一种与世隔绝的状态里，照顾自己的母亲。她们母女是在希特勒进攻奥地利时（她家那时还很富裕高贵）从维也纳搬到英国的。这种孤绝的生活让她无从了解他的其他女人，实际上她从未向我提及她是否知道他还有其他女人，只说发现了他的婚姻令他们的关系痛苦而急速地收场。她越说，我越觉得她似乎已经被卡内蒂，以及她最近刚刚去世的高寿母亲，耗尽了整个生命，只留下无尽的空虚……但奇怪的是面对玛丽·路易斯，我并不觉得有真正的空虚之感。

　　玛丽告诉我，她觉得玛丽·路易斯在画画。不久后我去她汉普斯特德区的家里拜访时，尽管看见满屋都是有意思的装饰和画作，但却没见任何东西出自她手。但她确实偶尔提及自己的作品，于是我问能不能见识见识，我问得很紧张，相当紧张，因为如果画作很糟的话，情况就可能非常尴尬。带着这种焦虑，我跟随她走进卧室，房间很大，很高，其中一整面墙都是庞大的嵌入式柜子，她打开柜子，一架架堆积如山的画作映入眼帘，她抽出其中两幅，我立刻惊呆了。

这个甜蜜、有趣、脆弱的老女人是个真正的画家，货真价实，几乎能与马克斯·贝克曼[1]以及科柯施卡[2]相提并论。要表达这种感觉真不太容易，我不能直接说："哦天啊，你真的是个画家啊！"因为如果我本来就把她当作个画家，那这样评价她的作品就真的有点失礼了。我忘了当时我都说了些什么，很可能急中生智下说得还不错，因为从那之后她就开始愿意说自己的作品了，对这一结果，我深感欣慰。她谈论绘画时感觉非常棒，这下我恍然明白，为什么从她身上我看不到空虚之感。她是那种拥有最大幸运的典型例子，不管经历了怎样的苦难，却天生能成就事业。

---

1 马克斯·贝克曼（1884—1950），德国表现主义画家和图形艺术家。

2 科柯施卡（1886—1980），奥地利画家，表现主义代表人物。

　　但还是有些事让我心里隐隐忧虑，那些作品躺在卧室的橱柜里凋零，有什么意义呢？后来她的作品有两三件入选欧洲公共收藏，不久前歌德学院还举办了她的作品展。但依然有一个荒唐事，人们总会情不自禁地推理说卡内蒂和她的母亲要对她的命运负责，说他们两人都是啃食她的"食人族"。卡内蒂是个自我中心主义者，她母亲则是过分依赖她（她告诉我说，有一次她必须出门二十分钟买点日用品，她母亲就哀叹"可如果你回来前我死了怎么办呢"）。当然她们在英国生活期间，与她的作品有关联的同时代德国表现主义画作，亦很少获得尊重，这对她难以踏入艺术殿堂也有所影响。

　　不过我其实是瞎操心。尽管她被两个爱人占了这么多便宜，玛丽·路易斯自己却也是很会巧妙操纵他人的人呢。每次她认识别人不久，就会怯生生地要求别人帮助，比如能不能介绍她认识个好点的牙医、水管工或裁缝？能帮她处理一下退税的事么？她请求的方式，让你永远觉得你是她唯一的希望。我也是花了一段时间才意识到，汉普斯特德有好些人都正排着队等着为她尽心尽力呢，所以我实在不必为她担心。此外，我刚认识她的时候，她的年轻朋友彼得·布莱克正忙着说服维也纳的贝尔维迪尔大画廊为她举办一个大型展览。对方提供的目录文字她当时不很喜欢，为此我还帮她给他们写过一封很体面的信函，后来，我还因此被邀参加画展开幕式呢。我还曾满怀更大的热情为她说服英国国家肖像馆，请他们改变决定，接受她为卡内蒂所画的肖像。该肖像馆之前冷淡地告诉她，他们对无名之辈的肖像不感兴趣。也许我不该把这事说出来，可我确实写信向他们介绍了卡内蒂是何方人氏，而且没有展现出我知道他们之前并不了解。那封信简直是杰作，真希望我现在还保留着信的副本啊！后来肖像馆收藏了她的这幅画作。

维也纳的展览盛况空前，看着那些本该属于那里的画作悬挂于此，就好像看见曾囚禁于动物园铁笼里的动物们被放回了它们的自然栖息地。我敢肯定玛丽·路易斯一定不喜欢这座曾属于她的城市过去给予过她的一切，在这里，她挚爱的兄弟因收留帮助犹太同乡而惨遭杀害。她装模作样地对一些细节表示了不满，但总的来说，她的快乐无处可藏。

她死前，有一次见面我问她："卡内蒂宣称不接受死亡，他真这么想？""哦，当然。"她回答。她坦白说自己在最迷恋他的个性时曾觉得"说不定他真能做到呢，成为第一个不死的人"，这么说着，她笑了起来，但笑声里似乎有一丝畏惧，我觉得她依然认为卡内蒂的态度很英勇。

对我来说，这种态度纯粹就是傻。因为我们非常清楚生命是依照生物规律而不是个体规律运作的，个体出生、长大、生儿育女、凋零死亡让位给后来者。不管人类做着怎样的白日梦，也无法幸免这样的命运。当然，我们想要尽力延长凋零过程，以至于有时候凋零甚至比成长所经历的时间还长，因此，在这一过程中会遭遇什么，如何能尽力过好这一凋零的时光，确实值得深思。现在有这么多关于保持青春的书，还有更多书描绘、分享了有关生育的复杂和艰辛，但有关凋零的记录却不多见。而我，正行走在这一凋零的路程当中，我的神经刚刚经历了小狗事件和树蕨事件，倍感痛楚，于是我问自己："为什么我不来记录？"因此，我写了这本书。

Chapter 2 第 二 章

我六十多岁时还觉得自己距离中年不过咫尺之遥，在人生的航程中，尽管我已不在壮年的安全之船上了，但就算下了水，也还依然在大船周遭逡巡；七十岁生日，也没感觉到什么不同，因为我一直尽力忽视年龄；但到七十一岁，情况发生了变化，一个"七十多岁的人"确实是老了，刹那间，这个事实掷地有声地出现在面前，我看见时间正将晚景一步步推入视野。

我已经活了相当长的时间，见证了不同女人

在逐渐变老过程中所经历的种种巨变。对男人来说这种变化相对小些，也许他们本来就不需要这么大的变化吧。在我祖母的时代，七十岁以上女人的穿着基本上类似于制服，如果她是个寡妇，她应该穿上无视时尚的灰黑色衣服，就算丈夫还健在，她的衣服也开始变得颜色单调，模糊无形，充分表明此人不再打算保持吸引力的意图。我奶奶寿命比我爷爷长些，将一套长及地面的黑色衣服一直穿到最后时刻。她的头上戴了一圈黑色天鹅绒的花边装饰，就像维多利亚全盛时期女士们戴的"帽子"。就我目前所剩无几、从她那儿遗传来的稀疏头发看，她确实有充分理由坚持这个样式。甚至我大姨，也就是我妈妈的姐姐，在她丈夫于 20 世纪 30 年代去世后就再没穿过任何非黑非灰的颜色，而且还刻意选择完全不时髦的衣服式样。19 世纪 20 年代以后，女人的流行裙装忽然变短，这更让老女人们坚持穿自己的"制服"，因为不管什么年纪，没人想身着"奇装异服"。而所谓"奇装异服"对老胳膊老腿的人来说，就是穿上"轻佻"的流行服装了，所以在我年轻的时候，老女人仍然通过身上的着装来宣布她们已变成了另一类人。二战以后，反禁欲主义的呼声推动着女装向灵活变通的方向大踏步前进，有一段时间《时尚》杂志还推出过一个叫"埃克塞特太太"的形象，力劝年纪稍大的女人穿上有风格的衣服。这种游说很快就显得毫无必要，因为女人们不再遵循传统，已高高兴兴地选择适合自己身材和肤色的服装了。到了现在，年纪大的女人若打扮得像十六七岁的少女只不过是显得有点愚蠢滑稽罢了。我已经拥有了祖母辈的女人们做梦也想象不到的选择自由。我去莫里斯百货公司购物时曾经穿着稍微出格，还担心人们会不会看见我就扬起眉毛呢，结果却发现，就算我穿比基尼出来也不会有人眨一眨眼的。

除了服装，化妆品也让年纪大的人看起来或感觉起来，没这么老态。但是，这种状况在不久前还相当危险，因为习惯化浓妆的女人似乎很难改变这个习惯，完全无视浓妆对已经缺乏弹性或发脆的皮肤可能导致的严重后果。我有一位老朋友就从来未能意识到这一点，每次参加聚会时，她都会涂上厚厚的猩红色唇膏。不一会儿，这些颜色就溢到她的牙齿上，然后沿着嘴角边缘细密的皱纹流淌出来，看上去就像个正在用餐的吸血鬼。幸好如今化妆品质量好多了，效果也更柔和，如果说在一张苍老的脸上涂上明显的颜色很可笑的话，那么经过柔化后，就可能比实际状况好一些。我遗传了母亲天生的好皮肤，到现在还有人不时恭维我，但我知道这至少有一半得归功于蜜丝佛陀[1]。外表对老女人来说尤其重要，这倒不在于我们想给别人留下多少深刻印象，而是因为我们会看见镜中的自己。别人不大可能注意到一张老脸上有个又红又亮的鼻子，或两颊青筋历历可见，但自己，一定不会放过。而这些令人郁闷的标记被修饰淡化之后，同样也会让人感觉到精神为之一振。就算一个人从镜子里看见的并非完全

1　知名化妆品牌。

真实的自己，但至少大部分错不了吧。我敢说我
与祖母辈们年迈时相比，无论从感觉上还是行为
上都年轻得多。

除此以外，进入七旬后最显著的改变是一件
事的消失，这件事曾在我的生命里占据绝对重要
的位置。或许，我看起来或感觉起来还没这么老，
但性事已经从我生活中消退，这件事情在我的一
生中经历了不同的阶段，尽管未必总是快乐的，
却一直处于我生命的中心位置。

大约在我四五岁时，"性"以某种最初的形式
出现，毫无疑问，旁人看来一定非常滑稽，但我
自己感觉相当严肃。我宣布长大后要嫁给约翰·谢
布克，他家位于伍尔维奇公地旁的街道上，与我
家仅几幢房子之隔。当时我父亲是皇家炮兵队的
军官，按规定同时是陆军军官学校的老师，而约
翰的父亲是个炮兵。但迄今为止，我除了这个名
字之外，对他一无所忆，但当时他可是我的"未
婚夫"哦。约翰的继任我记得略微清晰一点，是
个很帅的男孩儿，一双忧郁的棕色眼睛，因为年

龄较长，有一种成熟的魅力，他叫丹尼斯。那时我们跟外公外婆住在一起，他是霍尔农场园丁的儿子。我现在都有点记不清我当时是否和他说过话，也许应该大着胆子说过吧，或者还趁他在后门边修抽水机时，通过厕所的窗户朝他头上吐过口水呢。那时一大群孩子总尾随着他，我和这帮孩子也有些交往，我和兄弟们很多时间都和他们混在一起玩，其中包括杰克、威尔弗雷德还有农庄里奶牛工的儿子们，我对他们的记忆实际上比对丹尼斯还要深刻，大概因为我那时曾花了大量时间想弄明白我到底最爱哪一个吧。

这两人就是我浪漫主义阶段的最早受惠者，在这一阶段，爱情的形式是白日梦。我的激情对象常被我的幻想置于一些非常危险的境地，比如他家着火了，或者他被洪水冲走了，然后我去拯救他。梦的高潮总是停留在他恢复知觉清醒过来的瞬间，他一睁眼就会发现我正靠在他身边，云朵般的黑发轻柔地覆盖着他，像一件大披风。当时我是个瘦弱孩子，一头像鼠毛一般颜色的短发，但我信心满满，一切都会随着时间越变越好的。杰克和威尔弗雷德一直陪我到了九岁，然后就被我因现实理由选择的第一个爱人取代，他就是戴维。戴维比所有人都善良、勇敢、理智，是个好朋友、好玩伴，他也有被我拯救的义务，只不过这种幻想那时多少让我有些不自在，想到如果他知道我的这些胡思乱想，那该显得我多傻啊。他曾跟他妈妈说我是个好伙伴，我听说后激动得浑身发抖。但随着青春期的到来，我对这段感情也慢慢腻味了。

然后是十五岁，我以成年人的身份坠入爱河，他的名字是保罗（我在《长书当诉》[1]那本书里这样叫他，在本书中沿用）。他当时在牛津大学读书，放假时为了赚点小钱，来我家辅导我弟弟学习。他真实的存在驱散了我的白日梦，却没有驱散我心中的浪漫，我爱上了他。那时我觉得爱情

---

[1] 原书名 *Instead of a Letter*，是一本讲述作者早年情感经历的回忆录。

就等于婚姻，并深信一旦嫁给我爱的人，我必将在有生之年对他忠贞不贰。我偶尔会短暂地梦想自己美丽的白色婚礼，但我的浪漫没有止步于此，等我出落到引来保罗的殷勤之时，我们还真订婚了，但这可不是件容易的事。部分原因是大家纷纷跑来警告我说我们将会很穷，还教我应该如此这般学做家庭主妇。保罗当时刚进入英国皇家空军，只是个实习军官，每年收入仅四百英镑，但我们都觉得这些钱足够我们好好享受一番了，才不在乎"他们"说什么呢。当然这些警告还是给我们头上浇了一瓢凉水，但比起订婚六个月后发生的一幕来说，这些警告就显得无足轻重了。

那天我和保罗、他姐姐，以及他一群声名狼藉的朋友一起出去玩。我从来没搞明白过他是从哪里交上这么一帮朋友的，刚开始我就很不安，因为这些人是我迄今为止见过的最能喝酒、最粗鲁的一群人。其中一人还带了个相当性感的女孩，这女孩一见保罗立即展开猛烈攻势，我几乎不相信自己的眼睛，惊慌失措地发现他竟然回应了她。

经过异常难熬的一两个小时后，他让万分尴尬的姐姐替他送我回家。我确信，那天夜里，他上了那女孩的床。随后两周我没有他任何消息，我完全垮了，既无法写作，也无法集中精神。这时，他说要像从前一样，从格兰瑟姆飞到牛津来和我共度周末，对此，我没觉得轻松，反倒异常紧张。

周六晚上我们喝了不少酒，他涕泪交加地向我道歉，说自己犯了可怕的错误，他为自己感到羞耻，完全不能接受，我必须，必须相信那件事对他而言，完完全全，没有任何意义。而且，他后来发现那女孩相当令人厌烦，（这话什么意思啊，是说刚开始他不觉得她讨厌吗？）他再也不会做任何类似事情了，因为我从过去到永远都是他真爱的唯一，如此这般。他这么说，比起沉默来要好些吧，但我并没有因此而感觉良好。

第二天早晨我们坐出租车去阿普尔顿我们常去的酒吧。因为头痛得厉害，最后一英里我们下来走路，那是个冬天，天气很冷，还刮着大风。然后，这事就过去了。保罗看上去松了口气，在泥泞的道路两边不断寻找鸫鸟，我则沮丧地沉默着，不断琢磨他道歉时说的话。那些话毫无意义，是的，我接受了他的道歉，但是，他宣称类似事件再也不会发生，不，我不相信。我现在已经不记得那个聚会夜晚我面对这样当面的背叛，全然不在乎我感受的行为曾有过的震惊。我那时对自我有一种卑微的视角，这完全是我从小在视虚荣为重罪的家庭受教育的结果，因此发生了这件事后，我唯有责备自己不值得别人体谅。当时我并没有意识到这一点，但现在我能确信这种卑微感在那个时候，正一点点将我啃噬掉。我那时一直想着我一定得管住保罗这种轻浮举动，我还记得我曾这样想，一旦我们结婚，我一定要学得聪明点。"那应该管得住一阵子吧，"我想，"他应该像这次一样，不断回到我身边。但如果我老了，比如三十岁以后……"似乎在一闪念之间，我看见自己那张掩映在灰色头发下长有细纹的焦虑的脸庞，"到了这个年龄，情况就会很危险了，他就会又爱上另一个女人吧。"我到底想不想学得更聪明点呢？我别无选择。那一整天我都陷在抑郁之中，但却没有一个瞬间想到我可能并不想嫁给他，不久后我们的关系又重新恢复正常的开心状态。

如此看来，我在成年阶段并不是没有意识到从身体角度，男人其实很容易对女人不忠。当然从保罗抛弃我的事件开始，我也才认识到女人其实也能不谈爱，仅仅因性就可以燃烧。我后来从保罗事件中"恢复"过来，又谈了两次恋爱，都很深切，都很"致命"，好像这样的命运无法避免，而且无论经历如何，我依然渴望，但这却是注定要带来痛苦的东西。第一次是个年纪比我大很多的已婚男人，我从没幻想过他会为我离开他的妻子。毋庸置疑，如果他这样想的话我一定乐于接受，可我实在太崇拜他了，完全没奢望这事发生。我只不过是他战时一次放纵的对象，一场荒唐（再没有什么比空气中飘散的阵阵死亡气息更能激发这生命的核心——欲望的了，我到现在还记得他在我耳边玩笑的细语："我曾觉得自己再没机会享受这种感觉了"），而她，是他无可指摘的好妻子，刚生了第一个孩子，因此离开她显得既残酷又不负责任。我确定他不是这样的人。如果他真的离开她，我也不会这么爱他了。

保罗之后我的第二个爱人倒是单身，而且很合我的意，但他似乎有点好得不真实。他非常喜欢我，有一段时间甚至觉得爱上了我，但其实并非如此。几乎从我们相识开始，我就感觉到这段关系一定会在泪水中结束，但却情不自禁越陷越深。我们的确在泪水中分手，最后那个晚上我们沿着威格莫尔大街来来回回地走，一路流泪，他勇于承认现状，完全不给我留下任何希望；我却怀着几近受虐的狂热，更爱他了。实际上这种勇气，确实需要力量，对此我非常感谢他。我知道一颗破碎的心想要恢复的话，狠狠一击和慢慢勒死相比，前者会快得多。相信我吧！两种情况我都经历过。

以上，就是我浪漫爱情的终点。后来，在我

四十四岁遇见巴里·雷科德[1]之前，还发生过很
多艳遇，有的很短暂，有的维持得稍长，总是很
友善（有两次相当友善），几乎都很令人兴致勃
勃（除了两次微不足道的邂逅），没有一次走到
足以伤害我的程度。在那样的年代，如果一个男
人想娶我，实际上还真有三个人这样说过，我的
感觉就像是格劳乔·马克斯[2]对着想拉他入会的
俱乐部的感受：不屑。我曾试图相信婚姻是理性
的，但实际却不是这么回事。这些无伤大雅的艳
遇有些涉及别人的老公，但我从未心生愧疚，因
为我从来没想过破坏别人的婚姻。如果我们的关
系会被哪个老婆发现（实际上这种事情从未发生
过），那也一定是因为她老公不小心，绝不会因
为我。

　　忠诚不是我的美德。这或许是因为安德烈·多
伊奇过于滥用这个词的后果，他曾大发雷霆指责

1　牙买加裔剧作家。
2　美国喜剧演员格劳乔·马克斯曾说过，他不愿意加入任何
一家想收他当会员的俱乐部。

那些背叛我们出版社、上了他"不忠"黑名单的作者。其实我觉得，作为作家，并不一定非要对某个出版社忠诚。因为出版作品只为赚钱，如果一个出版社尽心编书，自然会赢得作者的感激之情，但并不意味着应该就此建立有约束力的忠诚度。有些情况下这种约束确实存在，比如忠于家庭；但如果你效忠的对象背叛了你，这事就会变得有点愚蠢。比如你的兄弟是个杀人犯，这时你还排除万难地与其站在一起，在我看来总有点大脑进水。期望不对等的忠诚，这种观念全无实际意义，无非是想取悦世袭体系里的老大罢了。夫妻关系里，我觉得善意和体贴才是最重要的，而性的不忠未必会导致这种关系终结。

人应该说话算数，这我同意，但如果在性事上也天天盘旋纠结忠诚问题，就有些无聊了。妻子对丈夫必须绝对忠实，这一信念有着深刻的、盘根错节的古老起源。不仅因为男人需要确认自己真是孩子他爹，在更深入、更黑暗的内核中，还有一种男人占有女人，上帝是为了让"他"方便才创造了"她"的含义在其中。很难想象这种观念会完全根除，只要想想伊斯兰的男权就能明白这一点！而女人吵吵嚷嚷、万分焦虑地想要丈夫对她忠诚，也是缘于同样原始而古老的根源，就是她必须以此证明自己的生存价值。对这一点，我深有感触，当保罗选择和别的女人结婚时，我完全被击倒了。但是，理解一件事并不完全意味着愿意去实施，唉，在我们深入骨髓的、最基本的彼此需求基础上，男人和女人真的需要给性这一特殊的、靠不住的因素这么重的分量吗？

我忽然想起艾萨克·巴什维斯·辛格写的《门上窥孔》。故事讲的是，一个年轻人在新婚前夜等着心上人回家，无法控制地从猫眼偷窥，不料正好看到她开心投入地和门房接吻，于是婚约取消了。当然作者也巧妙暗示男主人公当天下午也曾和一个女仆不清不楚，然后故事推理说如果这种性的不忠未被发现，男女主人公的生活将更加简单、美好，而这，就是辛格的主题。这狡猾的老鸟，每次都带着他特有的花招，在书里反复暗示，声称道德判断的权利完全取决于读者。考虑到他深刻的宗教背景，我想他未必同意我做出的道德推论，但不管怎么说，这确实是他有意引导大家推论的方向。是的，有些东西，比如性的不忠，如果不被发现，确实不会造成什么伤害；还有些人，就算知道了也能接受。到底人们会采取什么态度回应，完全取决于不同个体及其所处的具体环境。我曾经自问，在这种情况下我会怎么办，如果有人逼我做如下极端选择，是宁愿家庭的名誉被不忠的妻子玷污，还是将她杀死以捍卫清白？我的态度将更倾向于法国人的想法，不论性的不忠多么不值得推崇，只要处理得当，就完全可以接受。法国万岁！

对这样的态度，我和巴里从那时到现在一直都有共识。我和他在一起以后，才最终褪尽了心碎的伤痕（方法是将这些伤痕"写出来"，我随后会解释），终于驻留在异常快乐亲密的友谊之中。这样美好的关系持续了八年，后来不是由于情感的复杂性，只是因为时间因素而发生了变化。这种变化并不是突然来到的，而是从我五十五岁开始的，随后是一个逐渐消退的过程，因此完全可以忽略其对生命的影响力。我一点点意识到面对着熟悉的爱侣，我的兴致，我身体的回应，正慢慢减退，熟识之感把他手指的触摸变成好像自己在触抚，不再激起身体的战栗。回头想想，我不知道自己何以从未与他谈及此事，就是从没说过。我开始假装还有感觉，也许这做法只不过是一种"解决"问题的想法。我估计婚姻顾问会这么建议，但令我吃惊的是，问题根本无法解决，那时的性事，我一想起来就觉得既单调又可笑。一件一直自然发生的事忽然不再可行，开始时你期望通过假装就能将它带回来，有时确实似乎也能成功，但感觉一去不返之日，你必须接受"结束"这个事实。

接受这样的事实令人悲哀。确实，我曾被迫接受，当我们的二人世界被令人眼花缭乱、新鲜水灵的二十来岁金发美女无情地侵入时。看到他抱着她一起倒在床上，我曾有过透心悲凉的无

眠之夜，仅仅一夜，在那个痛苦的夜晚，我伤心
的不仅是失去了近在身旁的老友（当然现在他依
然陪在我身边），我还为失去的青春而痛惜："她
所拥有的一切——愿上帝让她腐朽——我已经不
再拥有，永远也不会，永远。"这个认识来得太晚
了点吧，面对这一事实我忽然有了一种可怕的危
机感。但很快，另一个声音在我脑海里回响起来，
一个似乎更合理的声音，"瞧，"这个声音说，"你
很清楚自己在床上已经不再需要他了，想想上次
上床是几个月前的事？这有什么好伤心的呢？你
当然不再年轻，你已经走过青春，不再期望小年
轻想要的东西了。"这个阶段就是这么结束的。

　　然后，消退期到来，我开心而饶有兴趣地发
现，新鲜感可以恢复性事。我在《长书当诉》一
书中曾写过，自己早期在经历了一段漫长真实的
悲伤后，因为与费利克斯的艳遇而恢复了元气，
虽然这一段关系与爱情毫无关系，但的确非常令
人开心。我六十多岁时，同样的事情再次发生，
性事因此又得以延长七年之久，而这期间巴里也

走着自己的路，我们之间的关系更像兄妹，而不是情人。另一个与我鲜有共性的男人在记忆里赢得了一席之地，充满温暖，令我心怀感激。在他之后，消退期结束，我也不再想要了。

Chapter *3* 第 三 章 ────

　　萨姆是我生命里最后一个性伴侣，从我中年末期一直陪伴我到老。他出生于加勒比海的格林纳达，最开始到底是因为自愿参战而来英国，还是正好在他来英国时碰上战争爆发，我不得而知。他当时加入了英国皇家空军整编团，在那里做文职工作，闲暇时认识了帕德莫尔[1]和其他一些地位

────────────

1　乔治·帕德莫尔，泛非运动的倡导者和组织者，曾经是共产国际领导下的黑人工人运动的主要负责人之一。

较高的黑人们，他们正致力于为黑人在英国争取权利。那段时间他积累了大量传媒方面的经验，对后来的生活帮助很大。然后他搬到加纳[1]，很快引起了恩克鲁玛总统的关注，总统让他负责加纳政府的公共事务，成为政府的一员。尽管从未做过部长职位，但他却赢得了恩克鲁玛总统对他持续的信任，私交也一直不错。后来发生了推翻"救世主"的政变，萨姆在非洲繁华的日子也走到尽头。他在阿克拉[2]时从不收受贿赂，以为人正直著称，为此逃脱了牢狱之灾。但新政府要求他在四天内离开加纳，除了衣服，什么也不准带走。我遇到他时，他繁华日子的纪念物只剩下一件貂皮领的驼毛长大衣，和一块海尔·塞拉西[3]送他的饰有漂亮手链的金表。

他的外表令人过目不忘，身材高大，举止优雅，亲和力强，又通情达理，明显属于既懂礼貌

1　非洲西部国家。

2　加纳首都。

3　埃塞俄比亚皇帝 (1892—1975)。

又有判断力的人，因此很快毫不费力就在英国政府谋到了职位，做点与协调种族关系有关的工作。他待下来不久，我们就在一次聚会中相识，聚会上还有些别的老年非洲雇员们。60年代时，安德烈·多伊奇出版社的合伙人恰好在尼日利亚开了个分社，我们出版社的作者名单上多了些非洲裔名字，因此这些刚独立的国家和种族之间的关系，也是我当时的工作重心之一。

除此之外，在我和巴里大约八年亲密快乐的关系中，我越来越觉得自己与男人相处时，和黑人比和白人在一起更加自在。巴里在牙买加接受的是英式教育，在剑桥大学的指导老师也是英国人，他过去常说，在牙买加同胞眼里，他就是个"个子矮小、僵硬保守、皮肤发黑的英国人"。确实可能有人这么说过他，他其实长得很黑，黑到足以招致白人的侮辱，但如果你认同像巴里这样的人，便会觉得自己更像他，而非他的侮辱者。

我这辈子第一次和黑人同处一室是在1936年，刚上牛津大学第一学期的一个舞会上。其中有个来自非洲的大学生，大家一直在跳舞，他最后也没邀请我，我却从头到尾提心吊胆怕他开口。我知道自己不会拒绝他，但不知何故觉得和他跳舞非常可怕，也许我觉得那场面会吓到我父母，所以我才害怕？一周后，一个朋友跟我说："只是想象黑人碰到我，我都会吐。"我怔住了，回想自己在舞会上的反应，好像还不太糟。我不记得自己后来有没有一直想着这件事，但不管怎样，能反思自己觉得和那人跳舞恶心的想法，也算是一个小小的进步吧。

那以后我一定渐渐思考了很多，因而能直面这个问题。几年后我再次与黑人接触时，就已经能把他们当作有血有肉的个体来看待了。黑人第一次吻我是在出租车上，当时我们正在不同的酒吧间穿梭，他给了我友好的一啄，这对我是个重大事件，因为我发现他的吻和别人的没什么两样，挺舒服的，我很高兴自己并不是个种族主义者。遇到巴里时，我尽管之前也见过很多黑人，曾和他们一起工作，却从没上过床。我们在聚会上相遇，一见倾心，很快就上床了，我倒不觉得这是什么特别事件，唯一值得一提的，是和他上床比之前和别人上床的感觉好玩多了。和他在一起后，我开始觉得自己其实更喜欢黑人。当然了，人最后总会发现自己喜欢某一类人或不喜欢另一类人，但确实，从那时起，我开始对黑人或说非英裔有了特殊的偏爱。

因此当萨姆与我第一次相遇就大方地展开了攻势时，我非常开心，觉得既有趣又振奋。因为我刚下结论说自己的性生活已经到头了，这个亲切性感的男人就觉得我很有吸引力！不久后，他搬到帕特尼桥旁的一间小公寓里，随后七年间，大约每周我都会去那里与他共度一个良宵。

我们会做一顿不错的晚餐，然后上床，此外我们几乎没有一起做过别的事。除了喜欢做爱之外，我们没有别的共同点。萨姆对"举止得当"有一套老派想法，但我确信他从未把性和罪恶联系在一起。他的床头散乱地堆放着《匹克威克外传》¹《巴布民谣》²和一些关于基督教科学派和玫瑰十字教派的小册子，你在这堆书里还永远能找到《印度爱经》³。我们的另外一个共同点是腿疼，这几乎和喜欢做爱同等重要，因为腿疼时有人能理解是相当令人慰藉的一件事，我们能在彼此身体上发现这一点。不过这话题没必要深入，实际上我们从没讨论过这个问题，每次一见面我们就迫不及待地把鞋子踢掉，然后上床。

好了，严肃点吧，我们真正的、最重要的共同点是谁都不想爱上对方，或为别人平静的心灵负责任。我们甚至不需要太频繁的见面，心知肚明对方不会给自己带来麻烦。

那么，我们给予了彼此什么？

我给了萨姆他想要的性爱。对他来说，我最主要的吸引力就来自我是个教养良好的白人，当然这并非我们随后维系长久关系的最主要因素。

---

1 英国文豪查尔斯·狄更斯的讽刺小说。
2 英国剧作家、诗人 W. S. 吉尔伯特的诗集。
3 古印度一本关于性爱的经典书集。

这倒不是说萨姆对黑人女性有什么芥蒂（他的妻子除外，他觉得她是个负担，是母亲在他不懂事时强迫他接受的），但自从 30 年代末他来英国后，生命里所有重要女人就全是白人了。从小，母亲就逼他努力学习，因此他一直比别人优秀。在那样的日子里，那样的历程中，一个黑小子如果能拥有一个白女人，会让大部分背景类似的黑人刮目相看。这个事实让一些年纪稍大且未必有魅力的白种女人在与黑人相处时占据了优势，真是令人叹息。当然，对此我也情不自禁觉得感激。萨姆不是个庸俗男人，并不想到处炫耀他的女人，但他内心很有满足感，深知我这个女人确实值得炫耀。然后我们发现，从身体的角度，他很喜欢我，此外我是个不错的伙伴。因此，我并不在乎成为他身份的象征，只要他需要就可以做他的伴侣，能够也愿意以他喜欢的方式和他交往。很显然他也非常满足于此。

萨姆对我最主要的吸引力在于他想要我。在我不再期待性爱之时，还有人这么急切地想和我做爱，这实在令人振奋，让我似乎重获新生，这份礼物可不轻。同时，我对他也充满好奇，他的背景，他的整个生命历程，与我如此不同，这一切，使他甚至在沉闷时也显得有趣。中产阶级英国男人令我生厌，因为我太了解这种男人了，面对萨姆，我想去发现，发现的一切都让我觉得可爱。甚至在我想"真是个老傻帽"时，我依然很喜欢他，而最喜欢的一点，就是我从他孩提时代找到的感觉。

他有一种快乐安全的童年所赋予的平静的自信心和广博的仁慈心。有时中产阶级家庭人人羡慕的母亲反而会毁掉孩子，而农民家庭的孩子却更有可塑性，母亲尽力想让孩子摆脱艰苦生活，就算在这一过程中失去他也在所不惜。萨姆的父亲有一小块地，全家都住在这里。这对他的自信心形成也有帮助，因为生长在自己的土地上，无论多小，也是稳定的。但这块地实在太小了，不足以支撑整个家庭，因此萨姆要去特立尼达岛和委内瑞拉找工作。家里事全是母亲说了算，在她眼里，与两个女儿相比，儿子毋庸置疑是最重要的（巴里的母亲也持相同的想法，为此她女儿一直没有原谅她）。

"我们那时完全不知道，"萨姆告诉我说，"我们吃的已经是最健康的食物了，鱼、水果、蔬菜，这些东西从来不缺。"他们住在海上，因此得以逃脱西印度洋地区严重依赖根茎食物的饮食习惯。"还有空气、运动，我每天跑五英里去学校，放学再跑五英里回家，完全小菜一碟。男孩们对这种长距离奔跑迷得发狂，不管去哪里都跑着去。"他们骑马，大多数人家都养马，这倒很出乎我的意料。如果一个男孩急着要去某个地方，可以不打招呼直接跳上邻居家赤裸的马背就走。他们还喜欢游泳，花的时间几乎和跑步一样多。回忆起有一次孩子们游到距海岸大约两英里远的一个小岛，竟然没有一个人惊慌失措，他为此赞叹不已。这个身材挺拔、长相好看、脾气沉稳的小男孩，精通所有当地休闲活动，被宠他的母亲塞了满肚子健康食品，泡在她特制的秘方浴盆中，完全是个孩子王。每次他回想这些快乐时光的时候，小小的房间里就闪耀着光芒，吹来了阵阵充满肉豆蔻味道的海风，非常甜蜜。

当然，最终母亲还是失去了他，她犯的最大错误是为他娶妻。妻子生了两个孩子后，他就再也不能忍受了，从此离家到了英国。母亲再也没有见过他，死时不断呼喊着他的名字，后来人们写信告诉他时，他平静严肃地说："这就是作为母亲的命运吧。"他解释说，所谓母亲的命运，就是必须面对既悲哀又无法避免的事。

他并没有因为抛弃家人一走了之就觉得自己是不称职的儿子、丈夫或父亲。他和他们保持联系，给他们寄钱，让孩子受教育，做了分内的事情。后来他儿子当了医生并移民美国，父子俩还时不时见见面，但女儿却不能原谅他，那个"蠢女孩"！至于妻子，他离开格林纳达三十五年后，应首相之邀第一次回国访问，为期三周，他没有告诉妻子。但一周后他忽然想去看看她，依然没有提前通知她。"然后呢？"我问，他摇摇头，短吸了一口气，缓慢而不以为然地回答："那个河东狮[1]。"我听到这个词后哈哈大笑，结果他生气了，不愿告诉我更多细节，其实他也无法描述更多真实细节吧，他对自己诅咒为"蠢"女儿和"河东狮"老婆的生活其实毫无概念。这就是很多西印度群岛的丈夫或"小爸爸"惯常采用的方法，简单忽略，而大部分被抛弃的女人似乎对此命运也能坦然接受。

我们的关系温和地走到终点，见面的间隔逐渐拉长。最后一次见面（之前的一次时间持续很长，因此把它作为这辈子最后一次性事，我毫不后悔），他看起来动作比平日迟缓，有点心不在焉，好像有点累，但他并没有生病。尽管我们已经谈好要结束这种关系，他还是问了一句："上床吗？"我说还是算了吧，看得出来，他松了口气。"我的问题是，"我说，"我心里其实挺想的，但身体实在不行了，我的身体抵抗我的想法。"他没有

1　原文为：Cantankerous woman，脾气很坏的女人。

说他有同感，他不愿意这样表述吧，他只是说："我明白，身体有时确实会抵抗些什么，对此你无能为力。"不久后，再次听到他的消息，是别人告诉我他因为心脏病突发死了。

如果你可以几个月都不见或不想见某人，这个人仅占据了你生命里相对很小的角落，你就应该不会特别悲伤地想念这个人吧。但萨姆死后，却在我心里越来越鲜活，远胜其他一些重要的逝者。在我的脑海里，他像照片般清晰，持续至今，他的姿态，他的表情，他行走、坐下的样子，他的衣服，这七年如胶片般一幕幕闪过，所有我们说过的话、做过的事、见面的方式，如此这般，反复出现，我情不自禁在心里记挂着他。我尤其记得触摸他的感觉，他的皮肤光滑、凉爽、干燥、健康，他的味道清爽、好闻，我依然能感觉到每次做完爱后，他就躺在我身边，我们面向天花板，手指相扣，胳膊和腿亲密地厮磨。他的身体如此清晰地呈现，此时此刻也不例外，就像一个（可爱的）鬼魂，挥之不去。

　　萨姆相信灵魂的轮回之说，他说若非如此，怎么解释一个人拥有美好的生活而另一个人却生活得如同地狱？非常明显，差别就在于每个人前世的积累。我反问他，若如他所言，那怎么解释这么多黑人都生活不好？难道他们前生都做了不好的事吗？这时他会变得很不高兴。他拒绝接受我的观点，我想是因为轮回说是他的希望所在。毕竟，他拥有大部分人无法拥有的好运气，在临近生命尽头时再对灵魂进行一些小小的改善，就可以继续走下去。有一次他向我解释，这就是他从六十岁开始吃素、戒酒的原因。我多希望自己相信萨姆关于轮回再生的信念，如果真能这样，我不知他是否真能过上他所期望的高尚生活，但不论如何，他定能拥有比他抛开的生活快乐得多的岁月，这就已经非常好了。也许因为他，我老年生活的开端有了更多本属于年轻岁月的东西，因此他一直活在我脑海中，对此我特别开心。亲爱的萨姆。

Chapter *4* 第四章

　　性从我的生命里逐渐退潮，带来另一重大影响，就是我发现其他事情变得越来越有意思。相较于年轻男性，性湮没年轻女性个性的情况更甚，因为性对她们的消耗远多于男性。我曾竭力去相信性对不同性别影响的差异主要是源于社会影响，但最后我无法相信这种解释。社会影响仅仅强调了这种差异，其核心还是基于生物学中不同性别的功能。从身体角度来看，男人实施了性行为后转身就走，似乎没什么问题；但女人却不同，每次性行为都蕴含改变她一生命运的潜力。他只是简单地激活了生命体；她却必须以自己的身体来构建、孕育这个生命，不管自己喜欢与否，她已经和这个生命绑在了一起。如果你反驳说现在有避孕药了，女人的这种责任已经可以避免，这种反驳没有意义。是的，我不否认现代女人确实能防范怀孕，但这是通过化学猛药干预了身体的自然法则。上天精心设计为孕育后代而存在的女人，要经过多少代的努力，才能从身体的天命所带来的精神桎梏中解脱？不管吞一个小药片多么简单，都一样，女性甚至可能永远都达不到精神的自由境界。人的个性到底多少由化学成分决定，现在还不得而知，但毫无疑问化学成分肯定会起一定作用，正因为如此，在身体活跃的高峰时节，女人的自我常常泯灭于性活动之中，很多人到了中年以后才慢慢找到性以外的自我存在，有些人永远都找不到。我很久前就开始思考有关自我的问题，思考未能结婚、没有孩子对我产生的影响，但这种反思的清晰程度，与我在性欲完全衰退后的反思相比，就差远了。我的无神论信仰也是如此，随着时间的流逝，这种信仰变得越来越坚定。

很久之前我就知道自己不信上帝。30年代末我在牛津的一次聚会上遇到一个名叫邓肯的人后，这种态度就更加明确了。我和他后来并没有成为朋友，因为我们相遇时已近期末。他正面临毕业，那天刚考完最后一门课，已经在殖民地公职机构找到工作，几周内就要去塞浦路斯就职。我们彼此吸引，一起离开聚会，共进晚餐，然后去河上泛舟，第二天又见了一面，我在他房间里待了整整一个下午。那时我正处于被爱情背叛的打击之中，保罗已几个月失去联系，我却束手无策。在一种惯性思维里，我当时并不觉得自己和别的男人有什么可能性，因此告诉邓肯我订婚了，但是我敢肯定，如果当时我们继续交往，我可能就得救了，因为他是我在牛津遇到的最聪明最令人惬意的男人。第二天早上我收到他送来的花束，上面插了张纸条："我们一定会再见。"但其实并没有。我收到过他的两封信，第二封寄自塞浦路斯，后来战争爆发，我就把他给忘了。但他对我说过的一件事，我一直铭记至今。

我们一定在晚餐时讨论过信仰问题，因为晚餐后，当我们在舒适的夏夜穿过草地，走向平底船港时，我对他说尽管我不信上帝，但因为人们一直教育我信，因此我觉得应该信，就好像是一种原动力。邓肯反问："为什么？也许宇宙的开端和结束并不像人们想象的那样，也许人类的大脑太过原始，无法想到其他的事情？"

我当时回答了什么？我唯一的记忆是自己抬头仰望繁星点点的夜空，心中充满了对极致的感悟，有一种眩晕般的兴高采烈，好像我的眼睛第一次看见早该看见的空间。我并没有再深究这个观点的含义，但也没有任何犹豫，立即将其接受为真理。此后很长一段时间，这就是我对宗教的观点。

我年老后，因为约翰·厄普代克而再次思考这个问题，当时他正在研究（我忘了是在何地）自己的宗教信仰，他曾说过或写过这样的话："我厌恶无神论，主要是由于从人类智慧的角度来看，这一理论相当无趣。当我们说宇宙只是一个偶然现象，人死了就一了百了，这种话包含任何哈佛所称道的不确定性、创造性或人性吗？"这话曾让我非常困惑。也许是的，相信宇宙自然超越了任何个体、任何种族成员的理解力，这种陈述从人类智慧的角度来看，确实相当无趣，但从感情和诗意的层面，我觉得这个事实比任何神话故事都具有创造力，令人激动，无比美丽。

约翰·厄普代克一定同意这一点，即我们的星球仅是宇宙中我们所能感知的很小部分上的一个小点，"智人"的存在也仅是这个星球短暂的生命周期中一个小小的片刻而已。宇宙的百分之九十由什么组成我们并不了解（科学家用"暗物质"来称呼他们不了解的东西，我非常喜欢这个词），所以不管是谁，把自己的所思所想当作放之四海而皆准的规范，这想法也太可笑、太以自我为中心了吧（那些虔诚地相信只有一个上帝的人，确实将上帝视为宇宙，而不是仅与地球相关的事物）？厄普代克或任何有智慧的人类怎能不认同这点呢？即所谓信仰，就是一个人决定相信他未必有理由相信的东西，并期望通过这一决定使信仰发生，继而内心得到安慰。这对我来说，完全是骗人的鬼话。当人们形成有关上帝、造物、永恒这些观念时，我不能感觉到任何东西，但我确定他们并不比一只叽叽喳喳的小麻雀做出的解释更合理，因为这些全都超出了他们所能理解的界限。考虑到宇宙会不断延续下去，不管我们相信什么，宇宙从来都是这个样子，也终将延续下去，而这，就是我们存在的条件。在这种情况下，说人类渺小有什么无趣甚至可怕的呢？

我曾听到有人为人类登上月球而哀叹，因为宇航员的双脚踏及月球表面之前，他们认为月亮是由白银和珠贝组成的，但这一踏，月亮就此变成了灰尘。但我们知道，月亮从来不是由白银和珠贝组成的，但它依然闪耀，好像它就是白银和珠贝一样。不管我们对此了解多少，它就是这个样子，以人们眼里最美丽的样子，永恒地反射着太阳的光辉。而我们的生命，这一纯粹的事实，其自身难道不也是无比神秘和令人激动的吗？我们迫切地需要让它井然有序，将其残酷的一面降到最低，让其美丽的一面展现完满，这已经够有说服力了，不需要看成是上帝赋予我们的职责吧？

有信仰的人常常忘记，说上帝给了他们生命就意味着他们有了一个借口，去消灭信仰其他神祇或不信任何神的人们。我的信仰，即我们寄居在这个历史不长的星球上，不过是宇宙的一部分，这件事极其稀松寻常，因为它本来就是这个样子，同时又充满了无限神秘，因为存在着大量我们所不能理解的事物。我并非什么也不相信，而且这种信念不会驱使我去残杀任何人。就像一种无限的可能性，既充满刺激又充满乐趣，未必能给你安慰，但却可以接受，因为这就是真相。当我逼着自己去思考我理解范围内最可怕的事，即总有一天人类也会有末日，如果灭绝方式与恐龙不同，也仅仅是因为我们对命运的贡献比恐龙好一些，对这个问题的结论也是这样。当我思考自己的末日，情况也一样。

我有一次将死亡想象成一次习惯性的入眠，这是个我很喜欢的意象。关灯前我花了一两分钟，聚了聚神，准备迎接即将到来的黑暗拥抱，然后将脸转向下方，手脚摊开，我的床立刻变成了一艘载我漂向黑夜之海的小舟。这种感觉非常奢华，混合着一丝难以觉察的危险气息，栩栩如生，充满诱惑。

安德烈·多伊奇出版社曾出版过一本有关床的"咖啡桌图书"，奇怪的是安东尼·伯吉斯写的序言很不合时宜。那本书的内容是赞美床榻的，但伯吉斯却在序言里说他讨厌床，因为他害怕睡觉，他常常躺在沙发上或地上，让睡眠在不知不觉中来临。他说躺在床上就像躺在棺材里，他怕自己一时失去意识，就可能永远也醒不过来。对这篇序我曾经提出过质疑，但安德烈认为没人会读书的序言，只要那名人的名字出现过，他说什么完全不重要，真是令人叹息的商人想法啊！当然我的不满也还没强烈到非要抵制这一行为不可。

我曾读过很多人经历的比伯吉斯这一怪癖还糟糕
的事，在想象里受到的折磨均无出其右，一个人
如果无法享受睡眠——这日常生活的最大快事，
这幸福的天然封条，这从悲伤无聊中逃脱的确定
路径，这温驯顺从的神秘感……该是多么痛苦的
事啊！这个可怜的男人，真的被野蛮地笼罩在死
亡的恐惧中吗？仅从这一点就能推理出我从未被
死亡的恐惧所笼罩，因此能够正视自己的晚年。

　　不信神说明什么？缺乏想象力，还是缺乏勇
气？或仅是一种遗传所赋予的性情模式？前两种
情况在有神论或无神论的群体中均能发现，第三
种情况只不过用家族史将这个问题回避过去罢
了。虔诚但文化不高的人常觉得我的这种辩解是
一种放肆，是淘气任性、拒绝自我节制的行为，
但实际上不管信不信神，人们一样能勤勉地履行
外界赋予我们的制约和责任，并和他人一起分享
这个世界。对无神论者而言，答案可能很简单，
尽管说起来有点令人难为情：他不信，只是因为
他觉得自己比信神的兄弟聪明智慧。不过他那信

神的兄弟从相反的角度，势必也是同样的想法，那么谁可以做中间调停人？我想我们必须接受这个事实，即关于这个问题，世界上存在着两种人。

我这种人占了点便宜，好像不太公平。当今的西方世界，生来不信神和信神的人或许一样多，大家都生活在信神的人所制定的社会规则中。而无论在世界何地，人们总会将权力想象成他们能据此寻找方向或能控制他们行为的东西。这种机制在建立之初当然是必要的，而我们这些无神论者，生活在有神论人们所建造的社会结构中，无论我们怎么批评它或感觉到愤愤不平，依然是其中的组成部分。任何诚实的无神论者都会承认，只要这个社会还由那些较明智的信神的人掌管，就还不错。我们在扔掉自己兄弟的大饼前，已经好好地咬了一口了。

对我来说，所谓正确的行为，就是我的基督教家庭教给我的行为：人应该像爱自己一样爱邻居，如果左脸被打了，他应该把右脸也转过去让人打，不该对需要帮助的人视而不见，应该对孩子温和，不该对物质过分贪恋。我接受了这些基督教教育，大多因为在我很小的时候，这些都是我爱的人们教给我的，还因为一些规则至今都很有道理，越靠近去了解就越喜欢，但是人们无论现在还是过去却从未能真正靠近这些信条，我也从来没有。所以我咬的那口大饼可不小，而且，我的饼上还裹着一层糖衣，因为我最喜欢那些生活在久远年代、相信天堂地狱真正存在的艺术家创作的油画和雕塑（这些东西对我非常重要）。在威尼斯的科雷尔博物馆，当迪里克·布茨[1]的油画《哺乳圣母》突然映入眼帘时，我身上像过了一道快乐的电流一样，毕加索或玛丽·卡森画笔下的母子都没给我带来过这样的快乐，也没有任何一幅画比皮耶罗·德拉·弗朗切斯卡[2]的《基督诞生》更能感动我。

这并非艺术家高超的技巧产生的魔咒，尽管

1　文艺复兴时期尼德兰画家。

2　文艺复兴初期意大利著名画家。

布茨的画确有魅力，德拉·弗朗切斯卡的画也令人满怀敬畏。这种吸引力其实来自艺术品中呈现的无我之感，中国的青铜佛像、中世纪的木刻天使，以及非洲的面具，均有类似感觉。制作这些艺术品的工匠并不打算通过作品表达自我，或对所描述的对象做出自己的解释，他似乎尽力去呈现一种非自我的东西，对此他有着内在的尊重、爱或恐惧，他竭尽全力向我们展示这一切。画家用什么办法在作品中体现这种纯洁的意图，我不得而知，我只是真实地感受到了。只要把 14 或 15 世纪任何一件值得尊重的、描述圣母与孩子在一起的半成品，与随便一件当代作品比较，你就能看出这种差异，这种感受源于艺术家将他想表现的东西视作理所当然。从 17 世纪开始，宗教艺术里多了些多愁善感和歇斯底里的成分，但这时技法已非常出色。到了 20 世纪，艺术家就完全沉浸到了所描述的对象之中，想想埃里克·吉尔[1]那甜腻而且装模作样的风格吧。当然，非宗教内容的艺术家也常常对他们的表现对象怀着爱和尊敬，因此也能让艺术家超越自我，达到同样的纯净状态，但这样的主题却不够强有力，无法让艺术家臻于伟大的境地。布茨尽管不错，却也称不上伟大。

早期的宗教音乐，尽管大部分都还可爱，但我却觉得缺乏力量。我更喜欢巴赫的器乐，而不是他的康塔塔[2]，歌词让康塔塔显得太过教条，因为就算是最伟大的宗教诗歌或散文，也很难打动我。祭坛三联画的画家心怀教化意图进行创作，但绘画这种媒介在教育功能方面却比不上歌词。从教化的角度说，油画是相对愚钝的工具，因为像百合花、金翅雀、石榴、鸽子、母亲、孩子等物件，无论在宗教里所传达的信息是什么，自身

---

1 埃里克·吉尔（1882—1940），英国艺术家。从事过石刻师、雕刻师、印刷商、教师等多种职业，主要创作领域有：雕版作品、书籍插画、印刷字体设计和建筑设计等。
2 指多乐章的大型声乐套曲。

本都有除此之外存在的理由，但其创作者却笃信宗教信息能赋予这些物件力量，这真是令人困惑的自相矛盾。

我曾经对宗教读物非常冷淡，但却因一个壮美的例外而改变了看法，这个例外就是《圣经》。从小我就非常熟悉《旧约》和《新约》，到现在也非常喜欢，主要因为《圣经》文字优美，但更为重要的是，我外婆有大声给孩子们朗读《圣经》的天赋。她让我们毫不怀疑那些故事的真实性和特殊性，特殊是因为这种真实与我们息息相关。直到现在，每次我读到约瑟和他兄弟们的故事，或沙得拉、米煞和亚伯尼歌的故事，或耶稣诞生，或拉撒路复活的故事，一种奇异而欢欣的感觉就扑面而来。我的电脑装着不同字体，只须指尖轻轻一碰，就能选择一种开始阅读。霎时，我成人的心灵就在这轻触之中回到童年，熟悉的故事再次在耳边响起，在眼前展开，听起来、看起来都和小时候外婆讲的一样。我当然也可以用成人的方式来思考这些故事，但并不意味着我会双膝跪倒崇拜上帝，虽然我很喜欢上帝在夜里召唤撒母耳的故事，但看起来他迄今还没有召唤我呢。这些故事已深深印在了我的脑海里，无法因为不相信就抹去，事情就这么简单。实际上这些故事本身与一个人是否有信仰无关，但就像圣诞歌一样，这些故事一直以来也储存了信仰的感觉。顺着这些故事，我似乎就能找到那些古老的重要东西，让我心里长久蛰伏的那部分有所感知。《圣经》向我展示了一种信仰的三棱镜：写这部书的人心里怀有的绝对信仰；我外婆虽被冲淡但依然真实的信仰，尽管她并不像犹太人想象耶和华那样想象上帝，只是依然相信他的存在而已；以及还有些人虽然将耶稣的圣子身份、完美无缺等观念看作寓言，但依然觉得作为好人就应该保有这一信仰，因此对其神性怀有信任的信仰。《圣经》以这样一种有说服力的方式向我走来，确确实实影响了我对生活的看法，但其核心目的是让人相信上帝，在这一点却未能说服我。那么，写下的文字到底有什么用？什么样的读者能吸收这些文字？也许我应该这样问：什么样的读者分别吸收了文字的哪一部分？

我觉得在读者的意识深处，或随着他对文字内容的回应，所汲取的应该正好是自己需要、同时文字也正好能满足这一需要的部分吧。

比如说，我有一个非常年轻的朋友萨莉，她的孩子到了学习阅读的年纪时，萨莉很是苦恼，因为她发现很多幼儿读物的主角都是动物，比如书里写一只小老鼠，而不是一个小孩子，因为不听妈妈的话而惹了一堆麻烦，一只小兔子去菜地偷菜，一头大象最后当了国王。为什么呀？她问，为什么要用虚幻的而不是真实生活相关的故事来教育孩子呢？但我倒觉得，孩子们之所以会对书里的动物们有反应，是因为人在小时候，并不需要去发现或认识"真实生活"，他们最需要发现或认识的，其实是自己的感情。拿那对广为人知的卡通人物，《小熊维尼的小屋》里的小猪和跳跳虎为例吧：小猪是个脾气急躁、胆小如鼠的小家伙，被逼急时也会表现得很勇敢，但这会让他付出很大代价；而跳跳虎则是个非常自大的家伙，有时甚至很讨人厌。这两个角色中有小朋友们想去发现和认识的东西，因为他们在自己身上也能找到这些特征。如果通过一个孩子来表现这些特征，那这些特征就会只属于这个孩子，因此会引发一种人面对另一个人所特有的挑剔心态。而用"虚构的"动物来表达（我还没见过哪个孩子头脑简单到不知道动物不会说人类语言），就可以避开这种心态，直接深入到急需被孩子分类、理解的感情深处。孩子们熟悉的关于人而非动物的故事，比如邮递员帕特的故事，也会将主角用这样一种不真实的方式来描述，就好像他也是动物一样。对萨莉的孩子而言，重要的不是给他们讲好听的真实故事，而是在他们对真实故事有需求时，为他们准备好。

我十多岁时曾非常奢侈地沉醉于一本浪漫小说之中，感觉就像浸在暖暖的浴缸里，每次多读几页都会觉得受不了。但即便如此，我从没觉得真实生活里的人会和小说里的男女主角一样行为、装扮。读书于我，只是为了品尝性的感觉，放纵自己处于想象的自慰活动中，因为那时的我内心充满了情欲，但当时社会并不允许小小年纪的我做爱。我或许是幸运的，因为我有大量文字精良的书籍相伴，这些浪漫小说并没有把我变成一个浪漫情人，仅仅给了我想要的"嗯，嗯"的感觉罢了，对其中包含的多愁善感，我完全不信，就像孩子不会相信小白兔真穿蓝色大衣一般。其实对于"圣三位一体"，我也一样只是当作故事来看待，第一次遇到这个宗教观念，我刚读够了动物故事，还没开始如饥似渴地从浪漫故事中挖掘情色意味，正好处于对真实生活感兴趣的开端。

Chapter 5 第五章

　　看看现在，我正走向晚年，走向无处回避、近在咫尺的终点，没有宗教"支撑"，不得不面对前方单调、真实的景象。对此，我的感觉如何？我需要转向走在我前面的人寻求启迪。

　　我父母两边绝大多数女人都活过了九十岁，而且神清志明，没人进养老院，没人雇过看护，所有结了婚的都比丈夫活得长，也都膝下有女陪她们度过最后时分，为数不多死在医院的也仅拖了一两天而已。对此，我现在能清晰地意识到何其幸运，因为亲近朋友的晚年和死亡让我了解到在家请训练有素的看护有多昂贵，或在老人之"家"寻求庇护时，若想碰到个既和善又体谅还高效的工作人员（配备这种人员的地方根本就不存在，有些养老院稍微接近这一标准，但一定贵得让你汗毛倒竖）得花多少钱，我家里没人付得起超过一周的这些费用。人们所希望的，无非是最后一刻能待在自己家中，身边陪伴着自己爱和信任的人。这就是我所期望，也是我家族的命运曾经达到的，我寡居的母亲也不例外，尽管对她的终点，我心里怀有一丝罪恶感，因为知道她能有这种快乐结局完全出于侥幸。

她九十二岁时我已经七十了，她已经完全听不见，一只眼全瞎了，另一只必须靠隐形眼镜才能看到一点点；髋部患有严重关节炎，基本无法行走；右手也有关节炎，胳膊完全抬不起来；她还有心绞痛（比较轻微，发作频率也不太高）和眩晕（一发作就很可怕，频率不低）。我当时住在伦敦，很幸运地依然在工作，和一个老朋友合租一所住宅的顶层，他没什么钱，刚刚够付自己的部分，我这辈子从来挣钱也不多，没什么积蓄。我母亲从没坦白说过她希望我陪着她，陪在我们诺福克的家中，但我知道她其实非常希望如此。我也确信，如果你的母亲一向对你要求不高，且充满爱心，宽大为怀，非常值得信赖，等她到了晚年，你就有责任给她这样的安慰。人们年轻时照顾孩子，老年后由孩子照顾自己，这本是非常自然的一件事，尽管有时愚蠢固执的父母也可能把这种情况弄乱，但我妈妈并不是愚蠢固执的老人。

当然，我其实早该对自己应承担的责任上心，应该买套房子，接母亲一起住，而不是像现在一样，租别人的住宅，就这样还是托一个慷慨大方表妹的庇护，我只需要象征性地付点租金就好。关于母亲的晚年，我确实曾和安德烈·多伊奇谈过一次（他从出版社拿的钱比他允许我拿的要多，他也确实有理由这么做，因为没有他就不会有出版社，但他利用我对钱没什么概念这一点，拿的比我多得多。我如果大吵大闹他肯定会就范，但我实在太懒，不愿面对那样的争执）。他一如既往地认为出版社负担不起给我加薪的钱，但帮我咨询了一个懂得理财的朋友，建议说如果我能找到一个合适的住所，他可以安排一家保险公司买下这个住所，然后我就能以非常优惠的条件入住，具体条件是什么，现在我已经不记得了。为此我找到了一所很可爱的小房子，带个很大的花园，第一层面积也很大，我设想母亲以后就可以住在一楼。但保险公司派调查员来看了看，说因为它位于一排房子的末端，而且向外凸出，所以风险太高，不愿介入。但这完全是胡说，这房子从当时到现在经过了这么多年，我每次路过都小心观察，从来也没有发现任何一丁点向外凸出的痕迹，于是我深受打击。本来如果这件事能成，我会高高兴兴地为这一理想努力的，但缺了这种支撑后，我就很不愿意改变当时还算舒适的生活状态，最终没再寻找其他住所。

这就是我罪恶感的来源。我知道放弃伦敦的

工作和生活是不明智的，源于实实在在的经济原因，但如果必须和母亲住在一起，我其实也不是不能安排。只是此时踌躇在我的心中占了上风。

我对母亲的态度与她对她母亲的态度相比，并不过分自私。那时我外婆九十四岁，正等待死亡的召唤。在那种情况下，母亲要去南罗得西亚[1]看望我姐姐。瞧瞧外婆的状况，难道她不该推迟这趟旅行吗？她也问过自己这个问题，然后告诉我们，和外婆住在一起、全力照顾她的乔伊丝姨妈已经同意了，说推迟行程会让外婆觉得自己快死了，所以不该推迟。我想我知道妈妈的真实理由，她其实是不愿意待在那里面对死亡，希望外婆能趁她不在场时死去，她最后如愿以偿。我妈妈这辈子都是个被宠坏的小女儿，逃脱一切责任的任性孩子，完全不像她的哥哥姐姐。我为她感到羞耻，甚至震惊，但我却不能责备她，因为那时我与她联系也很少，正处于从家庭依赖感解脱

---

1 原英国在非洲南部的殖民地，现为津巴布韦共和国。

出来的自由之中，但不可思议的血缘联系让我从心底里体会到至亲的感受。到现在，我都无法将她的自私变成我无法对她尽责的借口。

最后，这种罪恶感带来的困扰愈演愈烈，我终于决心在不愿离开伦敦和照顾母亲的职责中间找个折中的办法。我决定每周花四天（周末加一天购物日[1]）陪妈妈，另外三天待在伦敦，至于往返交通，如果天气好，我就开车；如果路面状况差就坐火车。一周的工作日里，她身边都安排人照料：每天上午艾琳·巴里过来，她是我们请的帮佣，善良可靠，常做些超出职责范围的事；每天下午锡德·普利来，在我们的花园砍砍木头，做些粗活，他太太鲁比在一旁剪草坪，伺候花草，在鸟食台上喂鸟；迈拉帮她做晚饭，洗洗涮涮，熨烫衣服，买点日用品，当然妈妈很少满意，因为迈拉很自然地去自己常去的商店购物，很不符

1　这里似应为三天，但原文如此：I decided to spend four days
——the weekend and a shopping day——with my mother.

合妈妈的口味。那个时候，农村里这一类虽非专业但很靠得住的帮手并不太贵，实际上，这种家庭帮手就是社区提供的免费服务，听说现在这类服务已完全没有了。

我向妈妈宣布完我的4/3计划后就回了伦敦。然后就倒在床上一病不起，体温极低，低到我觉得温度计肯定坏了。但这种非自愿抗议一旦结束，我立刻恢复元气，相当顺利地接受了暂停我自己的生活。与年纪大的人一起生活，这种调整必不可少，你得去买适合她的食物，为她下厨，在规定的时间和她一起吃饭，按照她的指令在花园工作，将自己的工作抛开，不可以听音乐，因为她的助听器会把音乐声变得很怪，而且只能说她感兴趣的话题。她不再具有调整自己去配合别人需求和口味的能力，你的作用无非是纵容她更多地沉浸于自我之中。幸好妈妈最喜欢的花园里的活儿也是我的兴趣所在，真是谢天谢地。还有做手工，因为视力有限，手又患有风湿，所以她只能织毛衣，但她织的东西很有创造性，所以我倒非常喜欢和她讨论某处该不该加上紫色，或连接处要不要用新花纹等问题。在妈妈身体状况还不错时看到她很满足，真令人开心，尤其我知道因为我的到来，她更高兴。

但她的身体状况并不总是很好。有时她脸色发灰，静静地塞一片"救心丸"在舌头下含着，更多时候让她痛苦但没那么危险的是眩晕来袭。她聪明地将药片放在预先想到的各个位置，所以不管是在客厅、厨房、卧室还是浴室犯了眩晕，她都能不太费力就摸到药片，然后就近坐下。但疾病袭击的长度和强度逐渐增加，幸好我在左右，帮她的时间也越来越多，但我对前景危机的焦虑感并未因此减轻，反而加重了。我常在午夜惊醒，不安啃噬着我的神经，我几乎无法再次入眠。我非常了解她的生活习惯：每天早晨四点钟拖着脚窸窸窣窣走进卫生间，只在很严重的情况下，她才肯用我放在她卧室的马桶，六点半开始动作迟缓地梳洗穿衣。如果我没有听见这些声音……到底是我没听见，还是发生了什么情况呢？我不得不爬起来检查。如果我听到咳嗽，到底是一般的咳嗽还是眩晕前的恶心导致的咳嗽呢？我必须仔细聆听，直到我心里踏实。这种焦虑最后变成一种动物般毫无理性的惊慌失措。不管怎样，我能帮她度过眩晕，甚至设想过她心脏病突发而死，我知道这事迟早会发生，无可避免，这样其实也算对她漫长美好生活的合理交代，而不是什么悲剧。但随着时间流逝，她一天天衰老，一天天无助，一天天被可恨的眩晕打倒，我可以这么说，实际情况是死亡就在屋顶阁楼里等着，等待时机到来，对她做点残酷、致命、痛苦的事情，这一事实，把我吓坏了。

就这样，4/3 计划运行了将近一年，我忽然意识到这件事情让我多么恐惧，当然就算没有担心，整个过程本身也已经令我身心疲惫。在伦敦我必须加倍努力工作，再也没有自己的时间，不能在自己家做自己的事。我开始感觉非常疲倦，我此前每天一直开车上班，将车停在距办公室步行十五分钟的车库，这一向是我很喜欢的一段路，因为会穿过罗素广场。但现在，这十五分钟步行让我觉得疲惫不堪，我的脚不听使唤，必须非常小心才能避免被绊倒，我甚至开始恐惧这段步行。有个周末和母亲在一起时，我忽然觉得自己脾气很坏，非常疲惫，毫无道理地落泪，因此一回家我就立刻去看医生，医生说我血压很高，实际上过于高了。这事对我，既是个警告，也是个解脱：警告是因为我开始隐隐害怕自己将来会中风，解脱则是因为我找到了不舒服的真实理由，这可不是我想象出来的！医生说不难想象我承受了很大压力，让我立即休息一段时间。此外我还忽视了体重，已经好几个月没称体重，现在已经长到八十公斤了！因此，姐姐从津巴布韦过来陪母亲五周，我就可以在自己亲爱的床上好好睡上一个礼拜，再去奢华的健康诊所参加为期一周的减肥疗程，然后自己在家继续坚持，直至减肥成功。血压恢复正常后，我又开始感觉良好，甚至比原来还好，我决定不再坚持雷打不动地执行 4/3 计划了，而是调整成每隔两周给自己在伦敦留一个周末，这样安排虽然更合理，却让我心里再次涌起罪恶感。待在伦敦时我可以忘却焦虑，关注自己的事情（我现在越发享受这些事情，因为我已经放下它们一段时间了），但和母亲在一起时，夜里的忧虑却更严重了。

"我不怕死。"妈妈过去总这样说，还以平静的口气讨论身后事，以此表示她确实比大部分人不怕死——我觉得我也是这样的人。但她往往会接着再说一句话，说得太多，都成陈词滥调了："我只是怕死亡的过程。"当死亡近在眼前，这话变得令人毛骨悚然地真切。我的母亲并不害怕自己死掉，但当她因心绞痛而无法呼吸时，她真的很害怕。我也不怕她死掉，可我非常害怕她走向死亡的这个过程。

我之前只见过一个死人，这事说起来荒唐，活了七十多岁只见过一个死人！的确，没什么比现代人将死亡看作忌讳更没道理的事了。我见过唯一的死人是安德烈·多伊奇九十二岁高龄的母亲。当时安德烈正好在国外出差，帮佣发现她死在家中，警察把尸体抬到验尸处，随后找到安德烈的秘书和我，问能不能去个人辨认尸体，结果我们决定一起去。

去太平间的路上，我不断回想在许多书本上读过的关于死尸的描述，它们看起来如何空洞，看起来完全不像死去的那个人，美丽的脸孔如何被死亡的严峻宁静所凝固。我这么回想着，因为我觉得我们将会站在尸体旁，等待服务员揭起盖着的床单让我们看，但其实不是这么回事。我们被带到一个很小的房间，一面镶着厚玻璃窗，窗上挂着便宜的灰绿色缎子窗帘，窗帘一拉，放在玻璃另一面的尸体就露了出来。她躺在一个盒子里，身上盖着紫色丝绒的床单，一直拉到脖子。

我下意识地说了一句："哦，可怜的小玛丽亚！"它看起来并非与自己无关，也没看到什么严峻的宁静，躺在那里的，就是可怜的小玛丽亚，头发有点乱，脸上脏脏的，看起来似乎正处于巨大的慌乱和沮丧中，好像被一些不便言明的东西击倒了。想到她已经死了，似乎是一种安慰，因为她对自己外观如何已经没有感觉了。但我最喜欢的在黑夜漂向大海的意象，被如此清晰地证明为胡说八道，这可算不上什么安慰。玛丽亚的尸体充分说明，就算最快速的死亡也很恶心。

从另一个角度看，停尸房所处环境相当不错。我们进去时穿过一个两边砌墙的院子，后窗贴膜的白车进进出出，其中一辆正倒往卸货的海湾，这种看来很像运送日用品的车，其实是运尸车。开车的人，忙着上货下货，还有几个在小路旁的房间里喝茶，这些人大多是中老年人，长相粗糙，略带下流。我们穿过小巷时，他们从房间里瞥了一眼，眼神里有一抹几乎察觉不到的嘲弄意味。他们知道一切。他们知道不管死亡发生得怎么恶心，这事情都实在太平常了，不值得大惊小怪。他们中的大部分人，毫无疑问，正严肃地工作着，但他们眼中的意味却流露出他们似乎很愿意给尸体来点轻浮动作，比如拿肚脐眼做烟灰缸之类，想象着此时若一个神经敏感的人路过会有怎样的惊骇。他们很可能尊重生者的悲哀，却完全看不上他们的神经敏感。在摆脱了这种敏感之后，他们简直算得上是另外一个物种了。

而我自己，对白天这个工作对象全是尸体的地方竟然产生了点淫秽的感觉。进门时小屋里的男人们用眼角余光瞟我，我也正瞟他们，我不想暴露自己的好奇心，被发现我在看他们。我的知觉如此敏锐地感觉着深藏于白车里的尸体，以及厚玻璃窗那一面玛丽亚旁边特制的床铺和设备，如果我是狗，现在一定耳朵高竖，毛发根根直立。我想我这种奇怪的激动，某种程度上源于我童年时曾遇到过动物死尸的那种暴力的反作用吧。那时这种景象一不留神就能看到，或在茂密的深草后，或躺在陷阱里，或绑在毛骨悚然的"储藏室"里，所谓"储藏室"，就是猎场看守们给那些"祸害"的尸体上缠的电线，我那时为了避免遭遇这些场面，宁愿绕远路。因为这个原因，我从来不觉得在森林里散步有什么快乐可言。激动和躲避，这两种看起来完全相反的反应也可能来自同一个源头。不管实际情况是什么，当我躺在母亲房里，尽力驱散夜晚袭来的阵阵恐惧时，确实想到了停尸房，想到了那些死去动物的尸体："平静下来吧，我之所以恐惧，并不是因为想到'唉，她就要死了，就要走了'，如果是那样，应该是一种完全不同的反应，我只不过是为人类肉体的腐朽和瓦解而颤抖，其实，承认这种瓦解很寻常，感觉这一过程，并不是不可能。"去停尸房后不久，我写了一首诗，更确切地说是篇短文，以表达我对死亡的态度。

别人早跟我说过那种全白的灵车，后窗蒙得严严实实。

还有一种全黑，小心翼翼地停在，后街小巷的门口，从来不见开门（那是骗人）。

白车里有什么？小巷中找到的瘾君子尸体，冻僵的老女人，被邻居发现后才打电话叫了警察……

一个男人在办公室待到很晚，最后上吊自杀，还有一个男孩，在迪厅门外的争斗中被捅了一刀。

而黑车，每天很早的时候，就往太平间运送
棺材。

负责处理尸体的人看不起别人。

为什么？怎么死的？什么？在哪里？失去亲
人的人们大声呼喊。

处理尸体的人垂下眼帘，隐秘地、不耐烦地
说着下流话。

他们中的恋尸狂找到了好东西，但大多数是
正常的男人，已经学会了怎么对付死亡。

而死亡保持沉默，因为没什么好说，那里面
什么也没有。

第一次看见白车黑车，我等待着身上的鸡皮
疙瘩，但等来的却是兴奋，出人意料。

"这就是死亡，我想我已经看见，这就是每
天都发生的事。

"他们以为我看不见，他们以为只有他们才
知道这有多么常见。"

看见一辆车，没有比这更寻常的东西。

没见过这车的朋友，我要给你们一个表情，

不知道能不能做出来，一个隐秘的、不耐烦的下流表情。

母亲去世时，可谓是遇到了难以奢望的幸福，当然对我来说，也是如此。她九十六岁生日前一天，拄着两根拐棍走到花园尽头，想看锡德·普利种桉树，他种到一半时，觉得她有点不对头，"你还好吧？"他问。她回答说有点站不稳，想回房休息。他于是扶她回去，让她躺在椅子里，然后打电话给艾琳·巴里，她很快就到了，发现她心脏开始衰竭，于是将她送到当地小医院。这才给我打电话，当时是晚上八点半，她说我第二天早上来就行，没必要立刻过去。我第二天一早赶到时，发现我兄弟和我母亲最喜欢的侄女都已经到了，他们都住得很近。她死后我又写了一首类似的诗，描述当时的情况，放在这里似乎还挺合适。

礼物

母亲死时，花了整整两天，第一天很残酷，

她九十五岁的身体，因为不断修复，已经垮了。

我看着她在拥挤的病房，紧急抢救中心的屏风后面，

下巴耷拉，舌头伸出，什么也看不见。

没意识了？不对，想吐时，她还能喘息着说"脸盆。"

她知道自己在忍受。

我把手放在她的手上，她的头挪来挪去，眼皮上翻。

她死死盯着一个地方。

从这个将死的女人，最深的地方，散发出

一种最深的快乐的光芒，仿佛她看到了什么。

我兄弟也在，后来他说：

"她的笑容真美。"

那是我从未怀疑的爱的光芒，

我只不过，看见了我一向相信的东西。

第二天早晨，安静的睡眠，

时不时嘟嘟哝哝。

"她好些了！"

"她感觉好些了，"好心的护士小姐说，

"但她的情况依然不好。"

我懂这些警告，所谓奇迹，只是吗啡而已。

我的感觉？就像一对连体双胞胎，

一个期望她永远不死；

另一个却害怕生命的复苏，

害怕持续可怕的痛苦，不断预见

她每天增长的无助，以及我的罪恶感，

只因我无法放弃自己的生命与之相伴。

正为自己的矛盾想法感觉惭愧之时，它却未

能持续，因为我的脑袋上面，一个仲裁者正在说话：

"闭嘴吧！你们谁也不会赢，

请准备好应付即将来临的一切。"

她废墟般的身体，松弛下来，她这样地活着，
让人害怕。
在生存即将停止的边缘，
她在那里，一个人，疲倦，普通，
向我交代她的狗，以及在哪里能找到她的
遗嘱。
我的侄女抗议说"可你很快要回家的"。她
可不同意，
"别傻了，"她说，"我随时会离去。"

然后，是长长的睡眠，她微微抬起头：
"我告诉过你吗？上礼拜杰克还开车送我
去苗圃买过桉树苗？"
我也喜欢花园，喜欢在乡间开车，
我们如此了解对方。
"你说过你想去，"我回答，"有意思吗？"

她迷迷糊糊，在再次入睡，

一睡再没醒来以前，告诉我：

"真是神奇。"

Chapter *6* 第六章 ————

　　我现在比妈妈去世时仅年轻七岁，到了现在，我对死亡的了解和认识，又到了什么程度？大量的事实让我有了一种稍稍游移不定的放心之感，但同时也有些许担心的理由。

　　我说放心，主要是针对死亡的过程而言。在这方面我想没多少家庭比得上我家这么幸运，在死亡这件事上，哪怕是最微小的幸运也能减弱最可怕的恐惧——这种恐惧当然会非常非常可怕。我外婆死前忍受了几个月的煎熬，因心脏逐渐衰

竭而痛苦，虚弱地卧床不起，她有个女儿一直在
家陪她经历一切，最后告诉大家，夺去她生命的
致命一击，完全比不上她生前忍受的痛苦可怕和
难受。我父亲死前熬了非常可怕的一个星期，没
人知道他对自己的情况了解多少，他得了脑溢血，
失语，看起来满脸困惑。在医院时，无论你给他
端来脸盆洗脸还是给他送饭过来，他都能正常反
应，看见你走进房间，他也会高兴地看着你，想
和你说话，但他找不到任何词语，脸上很快就现
出无助的表情。我的印象是他知道有什么地方不
对头，很可怕，很悲惨，也许他想："好吧，看
来我无能为力，那我就放弃努力吧。"医生说没
什么恢复的可能性，但他看起来身体还很好，因
此这种状况反而很让人担心。母亲和我根本无法
讨论他在这种状态下长期生存会出现什么情况。
然后又一次脑溢血发作，这次要了他的命，所以
不管他临终前忍受了些什么，幸好也只有六天。

　　说到父亲这边，我不太了解他的兄弟姐妹们
和祖父的状况，不过也没人说起过他们的死亡可

怕。母亲这边呢，她的一个姐姐八十三岁时因中风立即死亡，再没有恢复意识；另一个姐姐活到九十四岁，仅痛苦挣扎了不到一个小时，在女儿的怀抱里说觉得自己好些了，就死了；还有一个很安静地逐渐虚弱下去，一直打瞌睡，持续了三周；而我舅舅，一向是个运气很好的人，死时也不例外，他八十二岁时骑马参加诺里奇的狩猎活动，正和朋友说着话，忽然啪地从马背上摔下来，死时正笑到一半。我最大的堂姐也很幸运，她临走前还在沏茶，死得很突然。

我的兄弟是去年死的，他就没这么幸运了，这么说倒不是因为他长时间重病或害怕死亡，他的问题是对生活太有激情，所以他憎恨死亡。他死时八十五岁，非常清楚死亡即将来临，尽管他太太和其他人一直忧心忡忡，他却长期固执地对自己的老年病症不予理会，最后到了丧失食欲、日渐感觉寒冷才肯接受。但纵然这样，他依然渴望驾船玩乐，他一直在自己喜欢的诺福克海岸以船为生，被迫离开这个地方、这个职业，对他来说，就是最糟的命运。

死前不久的一个下午，他说要带我出海。他家正好位于布莱克尼角的内陆，沿着海岸有很多狭长平行的沙丘，时不时哪里就汪起一塘海水，这些水在落潮时形成蜿蜒曲折穿过泥泞通向大海的小流，一涨潮就变成宽阔安全的大河。来来往往的小船穿梭其间，就算大船，只要仔细留心水道深浅的标注，也能容易地航行。我们出海那天几乎没有风，天水一色，天空既像珠贝，又像白鸽的前胸，混合着柔软的蓝色与粉红，异常精致，我此生从未见过。一队小舢板安静地停着，等着开始比赛，我们坐在摩托艇上，负责帮忙把其中一条没有外舷引擎的小船拖进去就行。在小船上闲待着的人们，没有一个人看上去不耐烦或无聊，在这么美丽的天气里待着什么也不干，谁会有意见？我们经过这些船只，驶向海岬的尽头，马上就要进入大海，这时我忽然感觉到船底轻轻荡漾，猫爪般（小猫咪的爪子，更恰当些）轻柔的一阵微风吹过来，轻轻掠过水面，水面上，每一朵小涟漪的边缘都闪耀着太阳的光芒，曾有人告诉过我，奥尔德堡[1]的渔夫们把这种情形叫作"叮当"，在我的记忆里，永远不会忘记，也再没有见过比那天下午更美的"叮当"。这时安德鲁升起了帆，非常平缓地驶了出去。一路上我们没怎么说话，其实我们平日不常见面，对很多事情的看法也不尽相同，但从未失去从小建立起来的那份亲密感，很多时候不用说话，就能理解彼此。那天下午，那个特别的地方会有那样特别的景致，他知道我一定喜欢，我也笃定地知道他会被打动。他是这样一个男人，在适合他的女人的帮助下，终于找到这样一个地方，这样的生活方式让他觉得满足。他那圆满和充满张力的生活，更像属于一个艺术家的，而他本是个农民，后来做了军官，最后在北海边教人们航海、养牡蛎。当死亡向他走来，身体需要经历的战役并没有让他恐惧（实际上他最后一点也不痛苦），但不得不向还没有享受够

1　英国伦敦东北方向的一个滨海镇。

的生活说再见，却让他深感悲哀。

这种悲哀，对我来说，是经历了很好或至少惬意生活的证明，值得让人心存感激，当然，前提是它没被过早地斩断。我知道我兄弟会同意我这个观点的，就是人一旦年过八十，就没理由抱怨死得太早，他也曾这么讲过。如果我的那一刻来临，或许也会有一点点这样悲哀的感受，希望我能记得这不过是一个人为自己享受过的东西付出的代价而已。

因此结论是，我继承了轻松辞世的很大可能性，并且发现，以合理的态度面对死亡，也并不很难。所以，我没花太多时间担心死亡的来临，这并不奇怪，我唯一担心的，是必须忍受身体逐渐失灵。因为经验告诉我，如果折磨必须来临，有女儿在场安慰，就会稍微轻松一点，可是我没有女儿。我最亲密的人是巴里，我们在六十三年前成为情人，又于八年后一起合租，他现在身体状况很糟，这不仅对我打击很大，我还因此必须照顾他，而且，我也没什么钱能请人照顾我。如我不能有幸在身体状况尚好时突然死去，就像我舅舅和堂姐一样（这种幸事只能想想，完全靠不住），那很可能最后就得住老人病房了。

　　幸运的是，如果一个景象太过于灰暗，人的脑子往往会本能地拒绝想象。也不是刻意不想，而是无法想。不管会发生什么，都必须经历，所以有什么大惊小怪的？现在，我已周密评估了自己对死亡的态度，看起来也就是这样了吧。最后的悲惨岁月，大概几周或几个月（希望不是几年！）无法照顾自己，这种日子如此不快，怎么度过又有什么关系。我有个老朋友，和我一般大，今年去世了，也和我一样没有女儿，但她很有钱，不仅请了看护在家，还会去很好的疗养院，考虑到价格，那个疗养院一定是极上等的。危急时刻，她也偶尔在医院里满是老人的病房待上一周左右，比较而言，她待在自己昂贵的"家"里并不比待在医院更开心。实际上我觉得病房的唯一缺点，就是那里的护士水平更高，更能将你从悲惨的边缘一次次抢救回来，但家里就未必这样了。

但她每次被抢救回来都很高兴，也许人到了那个
境地就希望被抢救回来？也许我到了那个时候就
知道自己是不是也这么想了，到时候我一定会想
办法告诉你们的。

　　以上，就是关于死亡我想说的全部，以及我
提前感觉到的一切，所以现在我要换个话题了，
说说在生存的最后日子里，我的一些生活经验。

　　生活里每天发生的事情，很自然地与昨日交织在一起，不过是同一个过程的简单延续而已，只有被阿尔茨海默病折磨的人例外。我们其余的人，只要播种，就会收获。我最好的收获来自多年前播下的一颗幸运的种子。

　　第二章末尾描述的事发生后不久，也就是我第一次被迫接受自己处于性低潮期时，我那刚由情人转变而成的朋友巴里·雷科德，决定将他的戏《白女巫》带到牙买加演出。这戏里除了一个

角色外，其余角色全是牙买加人，因此他可以去
到那边再选剧组，但戏里的"女巫"是个英国人，
因此连翻译都得在英国找好，并一起带去牙买加。
他花不起钱请正规演员，只能找个年轻又没经验
的演员来演这个令人陶醉、既重要又有趣的角色，
而且得是个不为钱但会为能在加勒比海待几个月
而激动万分的人才行。

第一个来试镜的是萨默塞特¹来的一个农家
女，名叫萨莉·卡里，她认真读过剧本，演起这
个角色来绰绰有余。尽管我觉得她要是长得再古
怪极端点就更好了，但巴里很喜欢她，而且判断
说（判断正确！）一旦上了台，她一定能将这个
角色的性格表现出来。他们一起去了牙买加，演
出相当成功，从巴里写来的信中已明显能看出他
们俩陷入了风流事中，我可一点儿没觉得奇怪。

他们回英国时，我有点诧异地发现他们的关
系还挺严肃的，不是那种稍纵即逝的冲动。但我

1　英格兰西南部的郡，此郡有两个城市：巴斯和韦尔斯。

立刻就知道了原因，巴里和我有一点很类似，我们对聪明、诚实和慷慨的反应是一样的，所以当我发现萨莉是个很善良的年轻女人，一个最善良的人，我立刻就理解了他对她的爱情。当然，如果那时我和巴里还有肉体关系，我一定会觉得受伤害，但其时我已经意识到我们之间的性事善始善终了，因此这件事并没让我烦恼。我觉得幸运的是，在萨莉进入我们的生活之前，我和巴里的关系就已经发生了这一重大转折。

她在距我们不远处找了一间起居室兼卧室，又开始过原来那种令人头疼的试镜生活。找份工作很不容易，因此房租也付得相当艰难。她的父母出身农民家庭，他们自身也是农民，对这种艰难生活非常憎恨，因此希望自己的三个女儿能够远离农村。他们的两个大女儿都嫁给了美国人，只剩下萨莉，这个有表演天赋、声音低沉美妙的女儿，一直坚定地往舞台表演的方向努力着。她说父亲曾非常明确地不让她参与农事，所以她对那种生活也知之甚少，我曾嘲笑她连小麦和大麦也分不清。她从上中学开始就上表演学校，那时还上着声乐班呢。

一段时间后我忽然意识到，既然她几乎每晚都在巴里的床上度过，自己的起居室兼卧室不是白浪费钱吗？于是我建议她搬来和我们一起住。我觉得如果她来和我们一起生活，我一定会很开心，实际情况也的确如此。我知道别人会觉得我们这种"三角家庭"很奇怪，不管是认为我过分慷慨，或是认为我们道德放纵，我一直也说不上来，也没人粗鲁地当面评论过我们的关系。我怀疑在我的内心，会认同前者要多于后者，60年代过来的人就算自己未必真这么做，也都应该听说过占有欲是应该被谴责的。也确实有这样的人，神经质地喜欢占有，甚至不能容忍别人享用自己未必想要的东西，但我当时不这样，现在也没这么多占有欲。我并没有刻意训练自己成为这样，我只是不是那种人，这只是运气，而非美德，但对此我很感激，因为实在看过太多因嫉妒而引发的惨剧了。萨莉搬来时，我只觉得家里既有可爱的新朋友，又有亲爱的老朋友，随后的两年多，是我记忆里最快乐的时光。

后来萨莉的父亲健康恶化，我们的快乐时光就终止了。当时她已经没上声乐课了，她的声乐老师一遍又一遍对她说，你应该在纸条上写下"我要成为全世界最棒的女低音"，然后把这纸条贴在镜子上每天看着，但她想："这多蠢啊！我一点也不想成为全世界最棒的女低音。"虽然很喜欢表演，她也并不十分投入，因为她很厌恶试镜时常常遭受的羞辱。由于这些原因，她最后决定回家帮父亲打理农活，为此还专门在赛伦塞斯特[1]报了个农场管理学习班。她离去后，我对她的思念几乎和巴里一样多，不过友谊已凝结成家庭般的归属感，所以并不存在"失去"她的问题。甚至在她因为上学习班认识了亨利·巴格纳尔，并决定和他结婚之时，我们也没有失去她。亨利是

---

1 英格兰格洛斯特郡东部的一座城镇，在伦敦西北处约150公里左右。

个热心肠的、聪明的年轻人，我和巴里都很喜欢他，可以说他也没费什么力就加入了我们的大家庭。卡里先生死后，两个年轻人接管了农场，后来杰萨米和比彻姆出生，巴里就像多了两个孙子似的，我的感觉和他差不多，只是没他那么强烈罢了。

现在我年事已高，尽管膝下无女，也没有孙辈承欢，但我周围确实有填补类似角色的人。萨莉有个不同寻常的特点，她在婚前看起来并不怎么喜欢孩子，但一旦有了孩子，立刻就充满了令人惊叹的完整母性，同时也没有失去自我。比如说，她决定用母乳喂养直到孩子不吃为止。杰萨米是她的第一个孩子，三岁还会在需要安慰时找妈妈吃奶，一直吃到她理解并同意把妈妈的胸脯让给小弟弟，因为杰萨米已经不需要了，但弟弟不能没奶吃。为此，萨莉可没少听反对的声音，压力很大，人们说根本不需要这样，或说这很不恰当，会把她拴死，会让她疲惫不堪，或综上所言，这样做会让孩子产生病态的依恋，这些议论她统统不理。实际上，杰萨米被顺其自然地带入成人世界，也没有因为哺乳而囚禁了妈妈，在这种安全状态下成长起来的孩子，养成了非同寻常的自信心和独立性。现在这孩子已长大成人，当她充满自信，成功地扬帆于医生的职业之路上时，我们只有目瞪口呆地羡慕和嫉妒的分儿。谢天谢地，她现在住在距离我们走路不过五分钟的一套公寓里。她的弟弟比彻姆，以自己的方式，也同样成功美满。妈妈从没让他们失望过，她为孩子们付出了这么多爱，也得到了同等的回报，而且在有机食品行业中建立了自己的职业道路。这两个孩子并不是我周围唯一有魅力的年轻人，我有侄儿侄女，侄孙儿侄孙女，这些孩子证明，那些关于现代年轻人的悲观预言纯粹是胡说八道。但这两个孩子我能常常见到，所以他们似乎代表了我与年轻人相处的好运气吧。

　　和年轻人在一起的好处，不仅在于他们能激发感情，你能观察他们生活的趣味所在，而且，只要他们在你身边，就会产生一种反作用力，足以抵消老年生活中令人不快的因素。仅仅因为自己正在逐渐变糟，我们就倾向于确信一切都变得不好，越来越不能做喜欢的事情，听的越来越少，看的越来越少，吃的越来越少，受伤越来越多，朋友逐一死去，明白自己也将不久于人世……所以也许这不足为奇，我们确实很容易滑入生活的悲观主义，但这种状态实在很无聊，而且让沉闷的最后时日更加沉闷。但反过来想，如果我们能突破自己感知的局限，知道有些人的生活才刚刚开始，对他们来说前面的路很长，充满了谁知道会怎样的未来，这就是一个提醒。实际上这真的能让我们再次感受，并意识到自己并不是朝着虚无延伸的黑色细线末端的小点，而是生命这条宽阔多彩河流的一部分。这条河流，充满了开端、成熟、腐朽和新生，我们是其中的一部分，我们的死亡也是其中的一部分，如同孩子们的青春一样，所以在还能够体会这一切之时，别浪费时间生闷气了！

　　如果足够幸运，像我这样能时不时和年轻人

有近距离接触，坚持这种观念就会变得更加容易，就像一个人面对着即将赶上他的人们一样，像面对一面镜子。

人永远反射在别人眼里，我们到底是傻还是理性？愚笨还是聪明？好还是坏？缺乏吸引力还是富有性感魅力？……我们从未停止感知，哪怕是最轻微的反应，就算不主动寻求这些问题的答案，也会因无意获取的信息而郁闷或开心，在极端情形下，甚至被摧毁或拯救。所以当你老了，一个心爱的孩子偶然过来看看你，好像他觉得（就算是误会！）你又聪明又善良，这是多好的祝福啊。这样短暂的一瞬，也许并不能延续你的聪明或善良，就像按摩疗法，尽管不能治病，但一两小时后确实会让你感觉好很多，甚至觉得这非常值得。

这种自尊的瞬间出现得越频繁，就越有价值，但也有风险，虽遥远但依然存在的风险，就是你可能会上瘾。一个老人，如果无法在自己生命里享受年轻人，那他一定是脾气太坏。但物极必反，其中的尺度也应该把握好。不久前我曾坐在一个精力旺盛的男人身边，他大约七十岁上下，愉快地宣称他和年轻人相处得很好，他说不知为什么，年轻人总拿他当同龄人看待。说这些话时，他的脸上浮现出愚蠢的笑容，唉，可怜的家伙！这就是我当时的感觉，然后，我讲了一件自己经历的小事。当然，我这么想可谈不上有多善良，而且，这么做其实也没什么用处。

　　大约在我十八九岁时，有一天我们吃惊地听说住在附近的一个男人要结婚了，我们一直觉得他这辈子注定要做老光棍，他到了四十九岁（我猜的）还是个快乐的单身汉，主要因为这个人太暗淡无光，倒没人朝他是不是同性恋方面怀疑过。人们听说他终于找到了老婆，都为他高兴。她也四十多岁，做他太太正合适，但人们议论这事时总有点揶揄的味道。我听了太多议论，因此也对他产生了兴趣，在一个舞会上，我看到了他俩，刚度完蜜月回来。我看着他们一起走向舞池，一对个子矮小、淡棕色头发、长相平凡、看起来很开心的老人，不，他们看起来不止开心，简直是欢天喜地，浑身上下散发着光芒，时而彼此凝视对方的眼睛，时而闭目跳舞，脸颊相触。看起来真够恶心的。"我推测，"我当时这么想，"老年人一定也要做爱，可他们怎么也该自重点，别表现出来嘛。"我那会儿是个心地善良、教养良好的女孩，这种想法，当着他们的面可不会流露出半点痕迹。

我觉得现在的年轻人比我那个时候更世故复杂，许多人（包括我亲爱的孩子们）比我们年轻时更容易与老年人建立起很好的关系，但我深信一个老人永永远远不应该期望年轻人渴望他的陪伴，或声称自己是他们的同龄人。享受他们慷慨的付出吧，但仅限于此。

Chapter *8* 第 八 章

除了男女关系之外，当然还有很多几乎同等
重要的事情。如果你二十年前住在伦敦，几乎可
以免费去上各种不同种类的夜校。有很长一段时
间，我自命不凡地认为这些活动跟我没什么关系，
后来当我长胖了，走到任何负担得起的商店都买
不到又喜欢又合身的衣服时，我忽然想到可以去
学学裁缝。咨询了一下，我大开眼界。我去当地
小学报名参加缝纫班，发现他们竟然提供这么多
课程，有绘画，各种舞蹈，修水管，包括中、俄、

拉丁文在内的语言，机械，古董收集……只要说得出来，就找得到班级，我简直惊呆了。不久后，每周三晚，我们一帮人就像侏儒似的蹲在幼儿班图书室的一个小桌旁，愉快地缝开了。对我们来说，有比蒂·马克斯韦尔做老师真是好运，她不仅教得非常好，还成了我们友谊的核心人物，这段友谊延续至今，而且我想我们并非唯一享受美好日子的班级。

约六年后，这种丰富多彩、几乎免费的夜校逐渐衰落。其实早些时候就显出式微的兆头了，一个班报名人数如果不足十人，就会被关闭。所以我们时不时需要绑架个谁家好心的老公，让他也拿一小块衣料碎布，装出缝领带的样子，给我们凑数。最后这套系统终于走到了头，尽管还有一些机构继续为愿意付钱的人们开课，但在我心目中，免费成人班已成为生命里一个愉快的组成部分了。

我最早有这个概念和母亲有关，因为她七十多岁时上过一个"快乐绘画班"。她的同学们大多能小心翼翼地临摹几张明信片就很知足了，但也有几个更富有冒险精神，我妈就是其中最勇敢的一个。她不仅大胆地画了很多静物，还画过一幅很美的自画像呢，她非常喜欢这幅画。因此等我也到了七十多岁，缝纫班被迫关闭以后，很自然地就步了妈妈的后尘。我读书时就很喜欢油画课，还曾短暂狂热地做过一阵"周日画家"，可惜后来意识到工作让我很难有余暇继续，但至少我知道，我还是可以画点什么的。第一次上写生课时我依然在工作（我七十五岁才退休），很快发现画油画需要集中大量精力，而当时我还无法分神。退休后，我发现距我家不远处有一个相当不错、设施齐全的写生班，就跑去那里继续上课。

我大概是班里唯一想重现模特外表的学生，大部分其他同学似乎只想在纸上涂抹出他们认为现代艺术应有的效果。他们一定觉得我的努力既单调无聊又观念陈旧，而我则认为他们的努力既荒唐可笑又浪费时间。到现在我还是觉得自己的想法没错。我的想法或许确实与年纪有关，但老并不意味着一定错误吧。我很确信，不仅是老年人，就算年轻人判断一件作品，如果连基本的技能都没有掌握，也是不会将它视为艺术的。

如果我有足够的钱，就去收集艺术品，素描或油画都行。油画能以多种方式让人激动；而素描总能抓住生活的一个瞬间，令我觉得战栗。素描是艺术家们（不管是大艺术家还是小艺术家）理解事物的过程中留下的痕迹，或借此抓住某些他们想保存的东西；他们以这样一种直接的方式交流，几乎无视或消除了时间的存在。我有一幅维多利亚时代艺术家所作的素描，内容是画家的妻子正在烛光下教他们的小女儿读书；在一本有关生活在 14 世纪的皮萨奈罗[1]的书中，有四幅他画的表现男人被绞死的速写插图。每一幅画都能以不同的方式让你屏住呼吸，似乎你也在现场，透过画家的眼睛看见了一切。可能有点奇怪，素描作为艺术的表现形式，与私人笔记或研究相比，

---

1 文艺复兴早期意大利肖像画家。

幻觉效果要稍微弱一些。

很多人永远无法做到手眼合作完成一幅画作，一些特别有天赋的人似乎生来就会。而大部分人像我一样，一开始无法做到有效控制，但通过不断练习，却可以将这种能力训练出来，但写生课的目的不仅仅是这个吧？在课堂上，老师教你怎么观察，如何重现你所观察的事物，让你最终满怀信心地画出既令人满意（或快乐振奋，或惊慌失措，或别的什么情绪）又能解释所观察事物的线条。一旦达到这样的技能，你就可以出发了，想怎么摆脱形式的制约都行，你所画的东西永不会呆板乏味。

开始画裸体时，我才感觉到这一技能的难度和重要性。看着眼前赤裸的人，他平静地呈现在你面前，让你集中精力仔细研究，你会理解"写生"这个词的精准。你正在观察的，就是"生命"本身，是每一个存在的起因，这个起因既无法言说又令人惊骇，基于生命的存在，我们遭遇的一切事物均值得关注和尊重。这就是为什么大部分人会觉得画别人、画动物、画植物甚至树木非常有趣，而画人造的东西如机器或建筑之类就没那么有意思了。当然，也有非常精良的绘图人员专工此类题材，不过，我愚蠢的怪癖让我怀疑他们一定很无聊。

从第一次画裸体，我就产生了这样的看法，一幅素描的好坏取决于画家的专注和尊重，而非精巧，也就是说，艺术家必须沉浸于他所观察的事物之中，用尽最大能力探寻研究对象的真实本性。

而这样的探寻过程，对象也是必不可少的，有时是主观想法投射到对象上，想想戈雅[1]的《战争的灾难》和他的斗牛系列你就会明白。要将一张白纸变成艺术品以吸引别人的注意，能感动自己和他人，或者给予自己或别人快乐，这确实需要天赋。想做到这一点，你必须理解色彩，对形状有创造力，这些都不是寻常的能力，此外最首要的，是你必须严肃地看待自己。只有非常高傲

1　戈雅（1746—1828）西班牙浪漫主义画派画家。

的人能够仅用单一色彩或两三种色彩就完成大量画作，并不让人感觉极度单调。这样的非具象作品让我觉得很荒谬。还有一些种类的艺术品，如同很好的室内装饰品，会让人觉得舒服，但我却觉得，这些作品没有抓住实质，完全比不上那些能探寻、提问、赞美或抨击某个主题的作品。

第二次上写生课时，我放弃了绘画。因为我发现自己如果不天天练习就根本无法提高，而我作为一个以文字而不是以形象为生的人，或许永远也无法超越一个画图员的水平，这种就算竭尽全力也只能做到二流水平的想法，让我的虚荣心受到伤害，导致我对绘画失去了兴趣。直到现在，我偶尔会提笔消遣，也希望自己能多画画，因为它依然对我很有吸引力。不管我微薄的努力距离一个艺术家有多远，我都对那些课程充满感激，因为它给了我一个毋庸置疑的收获——我对事物的观察能力比画画之前好得多。这也是曾画过画的人常说起的感触，就算老了，就这一点，也能

成为努力学习绘画的很好理由，因为它给我们的
时日增加了如此慷慨的一抹欢愉。

—— *Chapter* 9 第九章

园艺是我持续不断做的另一件事，但从过去到现在，强度虽不及绘画，它一直都给我带来快乐。我很小的时候，这些事是雇人做的，外婆家雇了一个花匠带两个帮手，我们自己家也雇了个全职工人，只是后来随着家境衰落，慢慢变成兼职。外婆就算不插手，也对花园里的一切了如指掌，该做什么，为什么要这样做，她全知道。有时，她也会做些特定的事情，比如修剪薰衣草，把它们剪下来铺在布单上晾干，再把花朵搓下来做成薰衣草花袋；或用一把很大的铜壶往玫瑰花上洒水，驱赶花房里的小飞虫。花房是一个带水池的小房间，她在那里整理家里用的花束，小狗也住在那里。她喷洒的水是用温和的肥皂溶在热水里制成的，没什么大毒，玫瑰也总是新鲜干净。孩童时代，我们热爱玫瑰，热切观察第一朵雪花莲的绽放，轻轻触摸三色紫罗兰天鹅绒般的花瓣，还喜欢其他一些花儿。但花园可不仅仅是看花的地方，我们几乎就生活在这里：在里面爬树，藏在矮树丛中，从溪流里捉小蝌蚪和蝾螈，偷桃子和葡萄，大人们不许我们这么做，因此更刺激，但吃树枝上的李子和苹果是可以的。大人们还给我们布置些常规工作，比如帮外婆捡香豌豆，或采摘当天要吃的草莓和树莓等，在每个季末这些活儿就是家务事，但我们从没觉得不好，因为总是有好吃的好闻的，还有令人愉悦的重重树荫，我们小小的心灵将花园当作感官快乐的源头，一个充满美丽的地方。

我妈妈和她的姐姐们也有同样的感觉，在我

们家，女人比男人更关心园艺。她们四姐妹全是广闻博见的热心园丁，也都比外婆在花园里干的活多，因为她们没一个人嫁的老公比自己的父亲有钱。不过我长大后，就从童年生活走远了，同时离开了和园艺相关的活动。我先去牛津上大学，然后去了伦敦。每次回家，尽管我也常去欣赏母亲种的几个花园，但更多地是去观赏，而没有生活其间，而且从没在花园劳动过，没拔过一棵野草，没种下一颗种子，变得非常无知。我曾和一个刚搬新居的朋友住过一段时间，她有一次让我看荒芜已久、正打算重修的花床上长出的一丛叶子，问我那是什么，我说"是三色紫罗兰吧"，我们将根上的土块打散，把这些叶子重新种在花床上，最后才发现原来是紫菀。

　　60年代早期我搬进了在伦敦的居所，这是一所房子的顶层，到现在我还一直住在这里，真是非常幸运。房子前后都有小花园，大小比网球场稍大一点。我表妹芭芭拉买这所房子时，后花园全是草坪，围着一圈很宽的花坛镶边，其中较长的一边略微高出地面，爬满了常青藤，一直爬到尽头，另一边则在原来镶边的地方长满了杂乱的野草，从台阶旁一直延伸到草坪。较长的镶边花坛里满是正在开花的、又老又粗壮的玫瑰，那是表妹在她母亲敦促下种的，偶尔也剪剪枝，除除草。除此之外，她什么也没干，由着花园自生自灭，也就是说，由着玫瑰花对面靠墙的月桂灌木和狂野多刺的火棘长到屋顶这么高，把大部分空间遮蔽成荫。草坪很有用，是她的孩子们的玩乐之地，还是孩子们的小豚鼠之家，这是她最在乎的。

二十六年前，她因为工作关系搬到了华盛顿，打算在那里待六七年。说好了我帮她找个租户住一楼，把中间那层留给她儿子，当时她儿子还在牛津大学念书。她走之前问我，能不能帮她"照看一下"花园，别让"大自然接管得太快"。于是，第二天一早，我靠着卧室窗户，视察着那刚刚成为的"我的领地"，忽然之间，在完全没有预期的情况下，我彻底变成了我母亲，"只有一种做法，"我听见自己说，"必须把一切清理出去，从头开始整理。"然后我就干开了。我雇了个人来干重活，比如挖地剪枝，给前花园砌砖等，但所有的种植工作我都亲自动手，当亲手种下的第一株植物长大、开花之时，我上瘾了。

在很长一段时间里，每逢晚上和周末，我全在花园里劳动。花园逐渐变得新奇多彩，但渐渐地，我有点干不动松土和修剪草地的活儿了，大约五年前，我重新规划了花园，将它变成了更朴实的风格，然后请园艺公司每两周上门来整理一次。这样做虽然有点没意思，但夏天的夜晚在花园坐着，倒也挺能抚慰人心的。此后，我就慢慢对园艺失去了兴趣，当然，看到花园里大朵蔓延的白玫瑰几乎淹没了山楂树、玉兰和其他的三株玫瑰花时，我还是非常自豪的。后来我在诺福克有了半亩真正的花园需要规划，真正的花园，充满各种可能性，是表妹从她母亲那儿继承来的，她慷慨地分了给我一块。她虽然很喜欢坐在那里欣赏风景，但让我来照料她也同样开心。对我来说，能在姨妈原创的基础上继续建设，有一种传承的乐趣。

现在，大部分工作都不得不让别人做了，表妹雇了一个年轻人来修剪草地、整理篱笆。我也前后雇了三个认真负责的园丁来干活，全是女人，懂的全比我多，都各有特色，又非常出色。我自己一周只帮得了一天的忙，但看看她们的成就吧！头两个人做了大量整理工作，我现在最看重的是那个很有经验的女园丁，我常常和她一起开心地讨论应该把什么植物种在哪里，对我来说，园艺最有意思的就是这一部分了。每次我去那里，都尽力做一点事情，比如把这个绑起来，把那个修剪掉，清理一下某个角落的野草，种三四株小植物，不管做这些事情时我的骨头多疼，我总能觉得自己神清气爽。把手插入泥土中，将树根整理打散，让植物舒舒服服，这些事都非常吸引人，如同画画或写作，在这过程中你和自己正在做的事合为一体，从"自我"中解放出来，这是一种美妙的感觉。就为了这种感觉，请你在自家花园坐下，体会吧。下面一段是我在巴里病重时写的日记，当时我已经整整两个月没能去诺福克，正好他兄弟过来看他，我才腾出一个周末去看看我的花园。

"终于又回到这里了，在这么美好的春天，水仙花已经完全绽放，晚开的花还将接踵而至，门边的日本樱花就像一团团苍白粉红的花边，樱草花很茂盛，玉兰花也正在盛开，一切都充满了生机，真令人陶醉。这个花园不管在夏天有多么好，也永远比不上现在这个季节。多亏我什么也没做，也得谢谢多萝姨妈多年前在溪流里种下水仙花鳞茎的聪明做法，现在它们已经蓬蓬勃勃地长得这么多。今天下午我在池塘边坐了很久，坐在密集的水仙花丛中，我想告诉自己，'美丽其实存在于观察者的眼睛里，这些星星点点的绿色和金色，只不过是植物按照大自然的生存原则长出的形状和色彩。它们的存在，本不是为了美丽，它们生存的目的，与荨麻其实无异……'但很难相信吧。这些话或许是事实，但又怎样呢？我选择得出不真实的结论，因为水仙花不让我做别的选择。"

　　此时此刻，我依然能在心中看见这些花朵，它们宁静地存在，安静地过着自己神秘的生活。我知道再过几个月它们将再次回来，运气好的话，我还会再次回到那里看它们……是的，自从芭芭拉请求我帮她照看花园，我的生活确实比原来丰富多彩了。

Chapter **10** 第 十 章

我七十多岁时曾决定"等我到了八十二岁就不再开车了"。做这个决定事出有因，有一天我们那儿的片警（那时还有片警呢）突然上门拜访，说是谈我妈的事，我当时正好和她一起住，开门后他一看到我，就高兴地几乎给了我一个拥抱，说谢天谢地，终于找到中间人来替他传尴尬话了！能不能麻烦转告您母亲请她以后别开车了？没人会当面说什么，可村里的三个人都证明了，说她最近开车……嗯……怎么说呢，他无意冒犯，但确实，她开车已经无法走直线了，那些人说自己差点成了她车轮下的冤魂。我把这信息转告了母亲，她恼怒地说这简直是胡说八道，根本不予理睬，不过令我大感宽慰的是，大约六周后，她忽然宣布："哦，顺便说一声，我决定以后不开车了。"

此刻我忽然深刻理解了她当时的迟疑，尽管开车闲逛很难称得上是一种娱乐活动，但它的确是，对行动受限的人来说尤其如此，开车已经成为生命中不可或缺的部分，是快乐的来源之一。但我到了应该遵循她的榜样克服迟疑的年纪时，却并没这么做。我本该在七十多岁就停止开车，因为我那时双眼白内障已经非常严重，三个车身外就看不见前面车牌上的数字。实际上，就算近在眼前，我也未必看得清楚。车管所的人很谨慎地建议我去做个眼科手术（相当正确的建议！），但我觉得看不清一个东西的细节并不代表我看不见那个东西，我从来没对是什么东西、在哪里、多大多小、多近多远等问题犯过难，所以我想，在白内障手术前继续开车应该算不上什么大罪。

不管什么东西，安德烈·多伊奇总觉得越贵越好。他打算帮我安排手术，逼我去见"哈利街最出色的男人"，我确实也去了。大夫让我去找秘书预约手术时间时，我问她大概得花多少钱。她说，手术将在伦敦诊所[1]进行，我得住两天院，"收费一共三千英镑左右吧"，所以……实际上我去的是……外表看上去很有些狄更斯风格的，实际上相当不错的穆尔菲尔兹眼科医院，在那里，手术免费，而且技术非常精湛。第一次手术安排在午饭时间，做完后我还来得及赶回家吃晚饭，第二次手术安排在上午，回家能赶上午饭。对我来说，整个过程就像一个辉煌的奇迹。他们还以为我了解现代手术呢，所以并没有提前告诉我他们不仅计划治好我的白内障，还要在我的眼睛上嵌入永久性微小晶体，以矫正我患白内障之前就有的视力问题，这下我就能有一双新眼睛了。我这

1　London Clinic，英国著名的私立医院。

辈子都是近视眼，忽然之间我竟能像鹰一般眼神锐利了！平日不再需要戴眼镜，当然，校对稿子的时候因为常见的老花眼，眼镜还是必不可少的。那以后，我也听别人说起曾发生过两三例白内障手术失败的悲惨案例，但对自己的手术，我始终满怀感激之情。

终于到了八十二岁，我想起自己曾经做出的决定，于是开始考虑是否应该不再开车。我当时的情况是这样的：双脚连四分之一英里都走不动，但与此同时，开车却一如既往，没什么问题，因此我想："不，还没到时候。"到现在六年过去了，我也许应该再次考虑这个问题。我的双腿已精疲力竭，很少能走路超过一百码[1]了，最初只是脚痛，因为我的脚底板变得越来越薄，病因很简单，但无法治愈，到最后每走一步，我可怜的老骨头就像直接磨在地上，这样的结果必然导致走路姿势不对，因此膝盖很快受到了影响，然后是髋关节，

1　1 码约等于 0.9144 米，100 码约合 91.44 米。

直到有一天，我忽然意识到自己的双腿完全没用了，如果不依靠外力，比如拐杖或助行架什么的，我连几步路都走不了就会摔倒在地。就在这一个瞬间，汽车成为了生活的代名词。你步履蹒跚地走向它，你艰难地将自己蠢笨的身体挪到驾驶座上，慢慢放松，然后，瞧啊！你又正常了！你嗖地开出去，和所有人一样，恢复了自由，几乎恢复了年轻。我一向喜欢自己的车，而现在我简直爱它！当然，伴随着我对汽车的爱意和依赖日益增长，我身上除双腿以外的其他部分状况也正日益恶化，所以，尽管我不断推迟"再想想"的时间，现在看来真的需要去想了。写本文时，正好是我八十九岁生日前一个月，我得承认，我的车子现在带着三处伤，而且事故全都发生在一年以内，而这以前，除了因汽车停在街边被人刮蹭外，没出过任何问题。

第一处伤在汽车背部，是个很轻微的凹痕。那是因为我有一次将车停在石阶旁时，没注意石阶向上突起了一块，于是撞了上去；第二处伤基本谈不上是伤，因为用手就能轻轻掰直，不过乘客位那边的后视镜确实撞到了一样很硬的东西，撞得几乎紧贴车侧，出事时我正好穿过一条窄街，街上到处是车，来来去去，我在判断那一面的宽窄时出了点差错；第三处伤比较严重，是个刮痕，微微内凹，在驾驶侧的后端，这事我现在想起来还相当羞愧呢。当时天已经有点黑了，我排在长长的一队拥堵的车尾，忘了穿过海德公园酒店以后往海德公园角方向直通海德公园的门已经永久关闭了，于是转向了那门的入口，随后就陷在了通往死角的路段上。路两边停满了车，中间有一排由缆绳连接的柱子，柱子与两边停着的车辆之间空间很窄，当时光线也不够好，因此想转一个U型弯殊非易事。而我背后的车辆不断咆哮、大灯闪个不停，我明白要倒回去门儿都没有，看来这个U型弯非转不可，眼看快转完了，我忽然感觉到车子擦到柱子传来的压力。但我那时干了什么呢？我可没立即停车，倒回去，以再大点的角度重新转这个弯，我当时是这么想的："如果我不停车呢，就铁定会弄上个难看的划痕。嗨，管他妈的，谁在乎！"于是我就继续转我的弯，所以这处伤，完全是一个疲惫过度的老人遭遇尴尬处境时愚蠢慌张行事导致的结果。

　　奇怪的是，对于我曾经历过的最严重事故，我却完全没有责任。那次事故非常可怕，我能生还都是个奇迹，这事也发生在去年早些时候。围绕纽马基特镇有一条三车道的 M11 号高速路，与大部分三车道路面一样，慢车道上满是重型车辆，以时速七十英里行进，因此很少有轿车在这一道行驶，而另外两个车道因为没人检查车速，所以常常开到了八十英里，而不是限速的七十英里。事故发生时我正开在熟悉的由伦敦到诺福克的旅程上，兴高采烈地在中间车道向前飞驰，并没有刻意去追赶什么，只是随着车流越开越快。位于我左边的重型车不断从车窗外闪过。当其中一辆重型车的尾部（感谢上帝，不是怪物的尾巴）刚好行驶到与我的鼻子持平时，突然，在没有任何预兆的情况下，那车飘向了中间车道，我要么被迫撞上它，要么只能选择突然转向第一车道。我不能说我当时做出了决定，实际上我根本没时间去想，只是本能地打了方向盘，于是，膨！快车道上一辆飞驰而来的轿车撞上了我的车，我觉得有几分钟，但肯定只是几秒钟而已，我就被夹在了两辆车之间，然后从一辆车弹向另一辆车，随后我感觉货车停下来了，而轿车被甩到了前面。我脑中一闪念："幸好是这样。"然后就是恐怖的一片空白。我的车彻底失控，方向盘完全不听使唤，我在道路上整个旋转起来，向左，向右，转圈……完全是芭蕾舞的足尖旋转，路肩向我靠过来，青草，感谢上帝幸好是青草，我的车滑了过去，面朝着来时的方向，只见路上来往车辆继续咆哮奔流，竟然没有任何一辆别的车受到影响。

其实，货车并没有停下，是撞上我的轿车停了下来，司机的丈夫朝后面走来，因为他们不得不再走一段，越过车流才能停车。他过来跟我交换了住址和各自的保险公司，非常关心我的情况，人也很善良。他刚走到我身边，我的幸运之神（首先保佑我幸存，然后保佑没发生可怕的连环追尾）给我带来了一辆救护车，车里有司机及其助手，他们的车正好跟在我后面，看到了整个事故经过。他们不仅停了下来，还帮我给警察打电话，在漫长的半个小时里，陪着我等待警察到来。"天呐！一定有什么保佑着你吧！"那个司机用充满敬畏的声音说，他还说我处理得很好，实际上我只不过一直死不放手，坚持着没有刹车。那天天气非常炎热，车流咆哮不已，散发出阵阵气味，令人作呕，我到现在都无法想象，如果那两人没有出现，我将如何在极度惊吓中，在狭窄的路肩度过那半小时。因为我当时被吓晕了，竟然完全没想起问他们的姓名和住址，现在想起来我还觉得非常过意不去。

第一个警察来到之后，我开始慢慢感觉到理性在一点点恢复，后面的事情于是变得滑稽起来。他听完救护车司机替我描述的事故经过，说他得让车流停下，把我的车转回来。因为未受正面冲击，车的底盘没有受损，所以车还能开，但两侧都撞得很厉害，左前轮也歪歪斜斜的，不过，很快就要被修复一新了。然后他开始用他随身携带的无线电进行联络，可无线电没法用，没关系，他说，瞧，他的同事来了，这时另一辆警车开过来，但这个警察的无线电还是不能用。他们俩都觉得很尴尬，就在此时，又来了一个骑摩托车的警察，可他的无线电同样用不了，我们这才意识到也许我们正好位于盲区，接收不到信号。从那时起，演出就开始了，让车流停下，让车流再次动起来，找汽车协会（那是白费力气，因为他们只处理汽车故障，不处理汽车事故），去纽马基特镇找汽车修理厂来拖车、修车，所有这一切，都靠那个倒霉的摩托警察一遍遍地先去前面最近的环岛，又去后面最近的环岛，再回到我们身边，来来回回，找信号通话。看起来他们都太信赖自己的无线电装置了，压根儿就没带移动电话。我就这样在路肩上待了将近一个半小时，抢修车才出现，把我拖到了纽马基特镇。

到了修理厂，我才意识到自己非常不舒服，

原来的惊吓之感变成了全身上下哪儿都不舒服。他们提供了一辆车给我，因为我距离目的地还有五十多英里呢，我接受了，但却不确定我当时是不是开得了。站在安静的办公室里，我有一种不真实的感觉，这里所有的人看着我，都觉得我不过是一个普通客户罢了，但实际上就在刚才，我很可能已经成为了被困在一堆废铁里的死尸，或许周围还围绕着一堆别的尸体或受伤的身体。我为自己这种奇怪的不真实感深感歉意，但似乎没人注意到这一点。

正在恍惚间，我眼前突然闪现出马托克太太的面孔。早在六十年前的二战初期，我曾参加过她主讲的急救班，她那会儿是我们的教区护士，人长得矮矮胖胖，我和我的兄弟竟然，唉，竟然叫她"马屁股太太"。她当时的工作是帮助村里人防范敌人入侵。马托克太太那时总是说如果有人受到惊吓，最好的药就是一杯又浓又甜的热茶……瞧那是什么？我等候其间的办公室角落，不仅有煮茶机，旁边的纸杯里还有一袋袋包好的糖呢。他们当然让我给自己泡茶了，我往杯子里一共放了四袋糖，然后呢，马托克太太说得太准了！刚喝到一半，嘀嗒，我就觉得找着自己了，等完全喝完，我就恢复了正常，上了他们给我准备的车，缓慢小心地开出去，心里毫无疑虑。这件事情的发生，对我的神经系统没产生任何影响，所以我对自己说："你有这么坚强的神经，一定还能再开一年车。不管怎么说，到现在为止，所有的伤都留在了车上，没留在任何人身上嘛。"

Chapter *11* 第十一章

　　讨论晚年时，往往会令人很踌躇，因为既不想让别人也不想让自己太消沉，因此会倾向于关注晚年生活更令人愉快的侧面，比如谈谈"死亡"这个词，说说不断来访的年轻人，发现新的兴趣爱好等等。但我必须承认，自己晚年生活相当大的一个部分，是为年纪比我大，或就算不比我大，但已衰老的人做点什么事，或更糟的情况是，想做却无法做什么事。人不是按相同的速度变老的，因此最终大部分人都必须照顾别人，或被别人照顾，相对而言人们会更喜欢前者吧，但就算这是相对较好的选项，其实也远不是乐观的选项，我原来并不理解这一点，大概很多人也和我一样吧。当然这也可能只是我自己的反应，世界上确实有很多无私的人，照顾别人对他们来说非常自然。但我只能为我的同类说话，对我们来说，这确实不是一件自然而然的事情。

我是因为巴里才对此事有明显感觉的。当然，在一定程度上，我也曾照顾过老朋友南·泰勒，她最近刚过世，但我只是全力帮她的朋友之一，所以尽管这个过程持续了两年左右，却从不需要我全职在场。但面对巴里，却是或说应该是，全天候的。

我们在 20 世纪 60 年代相遇，那时他是个希望自己没结婚的已婚男人。这倒不是因为他不爱妻子，而是他忽然意识到一个事实，他曾一度怀疑但却一直愚蠢地努力忽视的事实，那就是以他的性情来说，他根本不适合婚姻。他一向厌恶占有和被占有，不仅是理论上说说而已，他全身的每一个细胞均如此。他确信他不会因为喜欢甚至爱上别的女人而少爱妻子一点，可他的妻子在这一点上无法认同。他觉得妻子很不理性，觉得这是逼他欺骗，而他是个不愿意欺骗的人。巴里是个典型的不忠实丈夫，实际上，他非同寻常地确信自己有理，觉得"想成为某人的唯一"这种高于一切的想法是神经质的、不健康的，会引发很多疾病。

我四十三岁时（我比他大八岁）与他有相同的感受。与浪漫爱情背道而驰，我心里怀着强烈的解脱之感，而且也已经习惯了不结婚，觉得婚姻困难重重，缺乏热情，我宁愿期望不一样的生活。因此我们走到了一起，仅仅因为喜欢，而且身体上彼此吸引，却完全没有结婚的念头。我们对于写作和表演（巴里是剧作家）的好坏见解相同，一致认为清晰、自然是首要素质。在一起的时候我们有很多话说，他曾告诉过我如果与太太分手，他唯一确定的是再不会结婚了，我还记得听完这话后心里曾一阵轻松，因为我不再有罪恶感了。这对我，甚至是个安慰。因为从那个时刻起，我就知道无论如何，总会有另一个人为他洗衣做饭，我可以享受爱的果实，却并不需要在厨房里艰苦努力。我吃惊地发现，尽管年轻时经历了这么多浪漫爱情的风风雨雨，到现在我才意识到自己最合适的角色显然是做第三者。和巴里的关系逐渐稳固，逐渐持续，但我们一直都更像是相互喜欢而不至于相互迷恋的朋友，这一点从来没有改变过。

最后他的婚姻还是走到了头（并非因为我，但为了方便起见，说我是理由也行），巴里开始自己生活，但他并不擅长这个。我已经记不清他在何时、为了什么搬进我的住所，因为这并没有改变我们见面的次数，但我想应该是在我们不再做情人以后。唉，努力拼凑记忆的碎片来探究细节真是单调乏味的事情，但我相信就是在那个时候。只是我们从情爱转化为稳定的伴侣是个渐变的过程，我确实不太记得准确时间了。

我所记得的时间，是很久以后巴里开始生病

的时间，那是 2002 年 1 月。实际上在这之前他就已经患糖尿病了，是老年人常见的轻度糖尿病，但刚开始时他并不了解这一病症，后来他咨询的医生又恰好轻视了这些症状，告诉他不必担心，只要药物治疗和饮食控制得当，病症就能轻易控制。对这一建议，巴里唯一听进去的是"别担心"和"药物治疗"，他说服自己和我相信只要吃药，就万事大吉，这是某医生说的。这个某医生，基于将来发生的一些事情，应该感到万分幸运，因为我的出版商和我完完全全忘记了她的名字。我和巴里共同生活期间，巴里还为她的书捧过场呢。当时他身体状况不错，还挺喜欢她的。而我对糖尿病，除了知道症状厉害时需要注射胰岛素外，一无所知，当我听说巴里连注射也不需要，真是觉得很轻松，所以就随他由着性子犯蠢，却没有意识到这是个大错。

　　我没有意识到他这么做很愚蠢，是因为我所认识的他，除了仅有的一次他太太处理的紧急情况外，相当健康。在我的记忆里，他连感冒、头疼或消化不良都没得过。如果别人生病，他的反应也通常很简单："是癌症吗？会死吗？很疼吗？"这几个问题他一定会问，一旦打消了这几个疑虑，他就觉得没什么问题了。过了一段时间，我发现他对自己的健康状况，唯一关心的也只有疼痛，他比我所认识的任何人都不能忍受这一点。他如果受了伤，会疯狂地要求医生："给我打吗啡！"而且不断坚持，别人如果拒绝，他就觉得那是施暴。这种态度，是他太太在场那次紧急状况的后遗症，当时他因肠绞痛异常痛苦，他原来剑桥的一个同学后来做了医生，偷偷给他打了些吗啡才缓解。这些吗啡不仅给了他愉悦的安慰，还治好了他的病，或者说看似治好了他的病。所以到了现在，他一旦觉得哪里痛，就会要求吗啡，完全不思考别的问题。如果医生护士建议他控制饮食，或解释任何一种非止痛治疗方案，他立刻就不搭理别人，他已经在内心深处决定："这完全是无聊透顶、不讨人喜欢的建议，我才不听呢。"就是这个样子。

但他并没能任意胡闹很久。早在 2002 年 1 月，这个某医生把他送到皇家自由医院，给他的阴茎做了个很小的干预治疗，两天后他尿不出来了，细节我就不在此赘述了，你会为此感谢我的。整个过程异常折磨人，我们不得不连夜坐急救车赶到急诊室，等了四个多小时，巴里越来越痛苦，一个医生给他插了根尿管……因为一系列复杂的原因，在给他前列腺动动小手术解决这个问题（不是癌症）前，他必须插尿管三个月。任何插过尿管的人都知道，不舒服和羞辱感只是最微不足道的反应，因为痛苦的感染很快会越来越甚。不久，我们就习惯了不断往急诊室跑的悲惨严酷的时光，后来终于等到了预约的手术时间，他们竟然在最后一秒钟取消了手术，理由是巴里的心脏无法承受（这个理由后来幸运而神秘地消失了），我们简直惊呆了，关于下一步要怎么办，他们什么也没说，就送他回了家。我们当时没有医院的任何消息，只能绝望地给这个某医生打电话，问她："他这辈子都得插着尿管生活了吗？"

她回答说："可怜的巴里，有时候确实必须如此，恐怕是的。"

几周后，我们听说医院给这个某医生写过一封信，告知巴里的治疗进展，但她原封未动。当时到底发生了什么，我们永远也不可能搞清楚，只是能感觉到，作为唯一希望的她，竟然也渐渐消失了。我时不时去她的诊所替巴里取糖尿病药片，药片很快就送出来了，有一个小小的瞬间，我甚至觉得这个诊所比我看病的那个好多了，因为不需要排队，我压根儿就没想过那里为什么除我之外几乎见不到一个病人！然后，如果巴里需要去看病，预约电话的回答是："医生今天不在，请明天下午再试。"如果我问能不能见她的合伙医生，"恐怕不行，他出诊去了。"诸如此类，直到有一天我听到了自己歇斯底里的尖叫："这个诊所压根儿就没有医生！"事已至此，巴里才听得进我一直跟他说的，如果早找我的医生看病，情况会好得多。但现在才认识到这一点，这对我们想早点做手术的愿望已经没什么帮助了。

　　在政府免费医疗系统三个月的经历，加上晕头晕脑的某医生，把我和巴里逼成了活死人，而我们还是一定程度上思维敏捷、见多识广的老年人，如果是境况更差的老年人，遇见这种事情又会是什么结果？只有天知道了。我们不再相信自己说的做的有什么用，没人愿意告诉我们任何事，即使说了，也一定是愚弄我们、欺骗我们，在这种情况下，我们变得非常消沉，什么也做不了，只是悲惨地坐等谁知道会发生些什么。最后还是亲爱的萨莉来救了我们，她赶到伦敦，打电话给皇家自由医院的那个顾问在哈利大街注册的诊所，为巴里预约看病。用我的话说，"看看花二百二十五英镑后有什么不同吧！"这个罩在白外套下的神秘人物，曾经当着我们的面在走廊的一角消失无影，现在却变得态度和蔼，满口承诺，对我们的所有问题一一作答，十分清晰。不不不，巴里当然不需要一辈子都插尿管，这种事绝少发生，他确定在巴里身上也不会发生；手术延误只是因为他需要在术前与心脏科专家会诊，确定是使用普通麻醉还是硬膜外麻醉，不巧心脏科专家度假去了，三周之内暂时还回不来。回家以后我才忽然想到，这个假期休得也太长了点吧，而与顾问面对面时，只因为他回答了我的问题，对待我们就像对待理性的成年人，我们就深觉感激，连起码的理性思考都没有了。疾病带来的羞辱感更深了，我们依然是活死人，只不过在那一个瞬间，我们变成了快乐的活死人而已。

三周最后拖成了将近五周，痛苦难熬的五周，我们打了无数个焦躁不安的电话，顾问最终宣布第二天手术时，还不忘情绪化地加一句："明天反正是要动手术的，和你们打的电话无关。"这立刻让我觉得和电话有关。手术很成功，尽管几周后伤口才愈合，还不断感染，并且，巴里从此就没有恢复健康。

就是从这个时候，我开始写日记，我过去从没写过，我大段大段地写，有时会隔几天，而不是按日子顺着写，因而更像回忆，不像通常的日记，其中有一段描述了我和巴里的关系：

已经不记得和巴里的关系开始时，我是否有过踌躇，这么快、这么满怀激情地再次和已婚男人在一起，我想或许也曾经有过迟疑吧。但我清晰地记得，当我知道他有个善良能干的太太时，心里有多安慰，因为我不再需要为照顾他而忧心忡忡了。后来玛丽一脚把他踢了出来，他最后和我生活在一起，但这种"不必照顾他"的状态并没有改变。那时候我们已经不再有激情的性爱，他对结婚比我还没兴趣，所以，我们就像两个朋友一样决定住在一起，而不是组成家庭。当然，我帮他洗衣服，他做饭给我吃，这些都没有问题。最近几年，他的怪癖越来越厉害，变得有点讨厌，我想我也一样，没什么不同，我们只不过温和地朝着各自的方向漂流而去，所以我们在一起时并没有幽闭恐惧。我想很少有一种男女关系能像我们头八年那样既快乐，同时还能做到相互不索取。并且，这种彼此不索取的关系还快乐地持续了四十多年！

后来，他的前列腺出了问题。虽然不照顾他

是个根深蒂固的习惯，但你毕竟不能无视一个人泌尿系统罢工的事实吧？那个可怕的夜晚，当我们拨通999叫急救车时，就已经陷入了"必须照顾"的情形之中。

有意思的是，一方面我为必须花这么多时间为他做事、为他担忧而异常沮丧；另一方面，我却从未质疑过自己该不该这么做。这种沮丧尽管真实，却仅存于表面，在我的内心深处，想都没想就觉得应该照顾他。

但我还是被自己接受这件事的程度吓到了。有一次他住院时便秘了，主要原因是尿管插得不好，不能承受任何轻微刺激，这让他觉得很害怕，所以基本上不愿意动，完全僵在那里。医院给他用了疏导剂，我下午到医院时护士告诉我："我一直想让他去卫生间，但他说你不来他就不去。"我一到床边他就说："感谢上帝你终于来了，现在我可以上厕所了。"（在这里我想再占用几行字描述一下随后的场景和细节。）幸好厕所里有很多纸巾，还有个很大的有盖垃圾桶来放用过的纸

巾，以及足够的热水。把他、坐圈和地板弄干净
并不难，我震惊的是自己竟然不介意为他做这些
事情，没有畏惧，没有厌恶，似乎疏离地看着自
己做事，好像在工作，不需要刻意努力，像个职
业护士一样。但与此同时，我却非常吃惊，的确，
我觉得吃惊，不是因为我做了多少，而是因为我
不需要刻意努力就能做到。回到床上后，巴里说
幸好我在那儿，我尖酸刻薄地回答说护士陪他上
厕所也应该没问题吧，他说："是啊，也行，但
有你在我觉得更舒服！"这事发生后，我才意识
到，经过这么多年，我的角色几乎已经变成了妻
子，我想经过了这么长时间的快乐豁免，终于轮
到我尝尝布丁的味道，这也算公平吧，我不再芥
蒂"我的方式"失去了多少。但我还是觉得，若
能够逃脱这种责任是多么快乐的事啊。

当然这种自动转换为妻子的改变也不错，因
为看起来我从此将一直承担这个角色了。巴里的
前列腺问题解决了，糖尿病问题却日趋严重，不

久后他就必须增加胰岛素治疗。不过这事他倒可以自己操作，因此对我是很大的解脱，只是注射并没有让他的情况改善多少。大部分糖尿病患者一旦接受治疗并配合控制饮食，往往可以过正常生活，但巴里，或许因为他拒绝在正确饮食方面做任何努力，看起来是要永久性地衰竭下去了，他几乎不能下床。为此我有深深的罪恶感，只是这种罪恶感还没有强到能让我有所行动，我发现自己根本不可能铁腕地控制巴里的饮食，因为若要那样做，不仅需要每天做饭，还得强迫他吃不喜欢的东西，而这一点，没人能做得到。当然，我可以做点什么防止他吃喜欢的东西……很自然地，我不再买蛋糕、甜饼干等食物，而这个卧床不起的男人，趁每周有三四次被带去图书馆借书的机会，只要我不在场，就毫不迟疑地冲向商店买咖啡、蛋糕或油炸圈饼，只有当他的血糖读数冲上天花板，自己感觉实在糟糕之时，才停止这种白痴行为。但这种理性状态仅仅在阅读中感觉不太糟（实际上从没好过）时才能维持，只要感觉稍微良好，他又故态复萌。想让他远离肥肉，远离咖啡里添加的两大坨奶油几乎是不可能的。看到同样熟悉的萨莉和女儿杰萨米也和我一样管不了他，我稍微觉得安慰，她们劝解说我也做不了什么，但纵然如此，我还是无法抑制地觉得我这个"妻子"，真是表现得不怎么样啊。

他最大的问题，也就是他口中自己的"弱点"，即随着所承受的痛苦增加，他的精力可怕地慢慢枯竭，这个过程越来越严重，到最后他几乎丧失了对一切的兴趣。这个智力水平上乘的男人现在除了侦探小说之外什么也不读，而且就连这样的书他也一本都读不完。他会从图书馆书架上随意挑选五六本侦探小说，第二天就嚷嚷着要还回去，因为（真令人吃惊啊）这些书"读不下去"，但如果我给他点别的什么，他又会说"别打搅我"。他不能被电视上体育台之外的任何东西"打搅"，而且渐渐地，他想看的体育节目也越来越少，现在走进他房间我经常发现电视机虽然开着，他却脸朝另一个方向躺着。他甚至不再主动和我说话，即使和他说话，他也仅仅回答简单的一两个单词而已。一天天过去，他除了"晚饭吃什么"以及"能带我去图书馆吗"之外，什么也不说，这意味着在他的生命里，吃是仅存的快乐来源。在这种情况下，再剥夺他唯一能享受的食物似乎过于残酷，我无法控制地时时想到，如果一个生命已被如此残酷地衰减，吃几口油炸圈饼让它再短点，又有什么关系[1]？

2006 年夏天他有过一段回光返照的时刻，当时皇家宫廷剧院在其楼上剧场举行了整季的朗读会，精选 20 世纪 60 年代让这一剧院出名的那些剧作，其中就有巴里写的《晃荡者》。这一朗读会由帕姆·布赖顿执导，他曾是《晃荡者》首场演出的导演，皇家宫廷剧院的星探们还找来一些非常出色的年轻演员（剧中大部分角色是中学男生）。巴里对此非常激动，但我们还是有点茫然，

---

[1] 后来，在本文写作之后，又发现除糖尿病之外他还有心脏的毛病。——作者注。

不知道该期待什么。最后表演非常出色，甚至有几分钟观众们都忘记了他们只是在看一场朗读会，感觉似乎是在观看此剧的完整演出，我们真觉得是个非常荣耀的意外。观众的反应与每一个剧作家所期待的一样，最后巴里走上台去感谢相关人员，他在台上看上去又矮又老，哽咽着说："我从来，从来都没有料到会再次看到这出戏演出。"观众把他抬起来，萨莉和我都落了泪。杰萨米和比彻姆此前从未看过他的戏，完全入迷了，杰萨米不断重复"这是我看过的最好的戏"。表演后在酒吧还搞了个聚会，一场混乱好玩的老朋友相见的欢乐瞬间。在回程的出租车上，我问巴里："这会让你重获新生吗？"他平静地回答："哦不会，不可能了。"确实没有。

我们的生活又回到了既悲哀又无聊的状态。有时我问自己，到底是什么，让我，以及我确信其他不计其数的老年夫妻或伴侣在类似情况下，能够坚持彼此照顾？我能给出的唯一答案，只能用比喻来说明，尽管一株植物的根和长在茎干顶端的花朵或果实看起来差异很大，但依然属于同一个东西的不同部分。对我来说，从爱里生长出来的责任和义务，看起来也如此不同，却也是同一个东西的不同部分。否则的话，责任如此不受欢迎，怎么还会这么不费力就和爱绑在了一起？一个人在这种情况下没有选择第二条路，因为对他来说，没有第二条路。也许一个无私的人（这样的人确实存在）会把做好事当成工作，从中获得满足；但一个自私的人，一边承担着责任，一边也许会尽力想办法逃避，或尽量补偿自己。这个办法也许不值得赞美，但我觉得我不是唯一这样做的老人。

Chapter *12* 第十二章

　　我曾经借助园艺、画画、磨蹭等方法逃避责任。最常使用的手段是书，阅读、评论或对这手段的新用法：写作，我说"新"，仅仅针对自己而言。我最近刚读了珍妮·厄格洛[1]写的盖斯凯尔夫人的传记，发现如果有人在写作方面拥有极高技艺，就相当于有幸生来就获得了十个人的精力。盖斯

1　英国传记作家，历史学家，资深出版人，代表作《好奇心改变世界：月光社与工业革命》。

凯尔夫人自愿，甚至是愉快地接受婚姻或做母亲的义务，从不抱怨丈夫或者女儿，她的方法就是躲避，她可以在非常忙碌的生活中找到一块完全属于自己的空间，进行写作。或许这还不是找不找得到空间的问题，而是有能力在无论怎样的空间里，都全神贯注于自己想做的事情，不管这种空间如何有限，只要她能找到，就能做到。很多人觉得她是个很单调的人，这可真是怪事儿，她实际上充满了令人眼花缭乱的生命力，这是让很多人嫉妒的一种能力。变老后最糟糕的事情之一是人逐渐变得精力不济，你或许某天偶然发现自己恢复了精力，情不自禁地觉得自己"正常"了，但这种状况从来不会延续多久。你只好听之由之，任自己越做越少，或者，不管干什么，都多休息一会儿。对此，我总是担心我为伴侣所尽的义务会越做越少，倒不担心自己沉湎于爱好之中。

　　我经常为《文学评论》写文章，对日常开销帮助虽然不大，但的确很有意思。正如丽贝卡·韦斯特[1]在《巴黎评论》的一次访谈中所说的："让你面对一本书时，真正地打开心扉。"除此之外，写评论还促使我阅读那些可能不会去读的书籍。比如弗雷德里克·布朗写的关于福楼拜的顽强生活，如果我在书店（很高兴没在书店看见"挥泪甩卖"这类词语，人们说大部分生意场都挂着这种标志）看见这本书，我可能会想："嗯，看起来很有趣，但这本书太厚了，我的书架上连一本薄薄的小书也插不进去了，况且，关于福楼拜的生活，我知道的已经够多了。"然后转身就走，去看看新到的平装书，因此失去了一次真正的体验"愉快大餐"的机会。还有格特鲁德·贝尔[2]，我为什么要读任何关于她或她写的东西呢？不管我是不是真

---

1 丽贝卡·韦斯特（1892—1983），英国游记作家，终身致力于女权与自由主义的社会改革运动。

2 格特鲁德·贝尔（1868—1926），英国冒险家、作家、外交家，有"沙漠女王"之称。动作游戏《古墓丽影》中的劳拉·克劳馥即是以她作为原型。

的喜欢弗雷亚·斯塔克[1]，或尽管也没那么喜欢就想当然地觉得 T. E. 劳伦斯[2]更值得一读，我就是不想读她的书。而令我深感羞愧的是，我不想读仅仅因为不喜欢她的名字，格特鲁德，这个双音节的单词可真难听，总让我想起衣衫褴褛又严肃又不讨人喜欢的女性形象。所以如果不是《文学评论》要求我写评论的话，我绝对不会拿起乔治娜·豪厄儿写的有关格特鲁德·贝尔的传记来读，然后一读之下，忽然看见一个真实而不同寻常的女人，还发现了这个世界最令人着迷的领域，以及令人毛发倒竖的近代史篇章。迄今为止我竟然不了解关于这个女人的任何事情，这似乎非常荒唐，而这样被逼着、被引导着在八十九岁高龄时发现了她，又是多么奇妙。

请原谅一个老人的拉拉杂杂，让我解释一下

1　弗雷亚·斯塔克（(1893—1993)，英国旅行家，生于巴黎，是 20 世纪最伟大的女性旅行家。

2　T. E. 劳伦斯（1888—1935)，英国编剧，代表作《阿拉伯的劳伦斯》，获第 35 届奥斯卡最佳影片。

为什么这个名字会让我联想起严厉的女人。我这辈子认识的唯一名叫格特鲁德的女人是我的姨婆，她不仅严厉，而且是个混合着悲喜剧因素的可怜女人。她是牛津大学的教师布莱特博士的四个漂亮女儿之一，布莱特博士是个鳏夫，在妻妹的帮助下养大了孩子们，非常善于从自己的学生中为女儿挑选合适的丈夫，但格特鲁德……呃，她却曾经爱上并且还差点，不是与大学生，而是与自己父亲的一个稍微年轻的同事订了婚。但一天早上，客厅女仆敲开了这个老师的门，说楼下有个女士带着个小男孩求见，这个老师说："让她上来。"然后她就上来了，还没有走进大门，她就从手笼中拿出了一把手枪，向他射击，"幸、幸、幸好她是朝我侧、侧、侧面射过来的。"他后来这样对一个同事说（大家都知道他严重口吃），因此他肥胖的身体仅被擦伤，而没被打穿。那个女士，后来人们发现，就是他太太，或是觉得应该是他太太的人。过了很久，人们把这个故事悄悄告诉了我的一个表姐，又过了很久，她才告诉了我们大家，因此细节可能有些模糊，但我那时才知道学校里曾经发生过这么有名的一个故事。格特鲁德花了很长时间才从这可怕的吓人事件中恢复过来，后来嫁给了一个主教。我对外婆和她的另外两个姐姐的印象都是舒展又自信的，只有她，我总觉得她有些脆弱，脾气暴躁。

现在我们继续回来说书。我现在有点困惑，我相信我曾和其他老人分享过这个感觉，那就是我现在基本上不读小说了。年轻时候我除了小说几乎什么也不读，在我五十多年的工作生涯里，最感兴趣的也是小说，所以没什么比才华横溢的小说家的第一部作品更让我兴奋战栗的了。当然我现在也还满怀感激地回想起很多小说，有些甚至怀着敬畏，并且现在仍有一些小说是我非常欣赏喜欢的，但是这种阶段持续很久之后，到了现在，就算我知道有些小说写得很好、很有意思或很巧妙，我在认真阅读之前都会问自己："我真的想读这本书吗？"答案是："不想。"

一部小说通常以如下几种方式吸引读者：或

让你逃进一种战栗或新奇的感觉中，或呈现一个能解决的谜团，或提供白日梦的素材，或让你对自己的生活进行反思，或披露别人的生活，或以幻想的形式让你对生活有另一种认识。小说可以设计得让你笑，让你哭，让你开心得气喘吁吁，或者最好的情况是，它把你带入一个完全逼真的世界，让你体验所有感觉。我到现在都记得第一次读《米德尔马契》[1]读到结尾的感觉："哦不，我将不得不离开这个世界，可是我不愿意！"

对战栗、谜团或幻想，我从来都无法特别热切地回应。但青少年时期我曾有一段时间如饥似渴地沉浸在白日梦中，能找到什么书就读什么书，后来才转移到"完整的世界"中。20世纪50到60年代间，我转向了或多或少能反映我自己生活的小说，如果小说的核心人物和我不是一类人，我就不会读，比如安吉拉·瑟克尔[2]写的小说，那基本上

---

1 19世纪英国女作家乔治·艾略特的代表作，名列BBC"最伟大的英国小说"榜首。

2 安吉拉·瑟克尔（1890—1961），英国女作家。

就是我完全看不上的英国中产阶级妇女的猫薄荷。但玛格丽特·德拉布尔[1]就不同了，当我听说韦登菲尔德出版社俘虏了玛格丽特·德拉布尔时气坏了，她如此契合我熟悉的人和事，所以我一直想出版她的书，也想读她的书。当时 NW1 小说[2]还挺新鲜，有好几年的时间我沉迷其中，享受爱情故事或其他关系里的每一个瞬间，此类书对这类关系的观察非常精确。但慢慢地，这类小说对我的刺激逐渐减弱，我的感觉开始变得平淡，我开始厌倦它们想告诉我的东西，因为我自己已经太了解了。现在大部分小说依然聚焦我周围这些女人的爱情生活，这也就意味着我对大部分当代小说完全没兴趣。

1　玛格丽特·德拉布尔，出生于 1939 年，英国当代最有影响力的女作家之一。A. S. 拜厄特的妹妹。代表作《金色的耶路撒冷》。

2　NW1，伦敦西北的一个邮政区，这里大部分居民为知识分子、时髦人士、时尚新闻记者以及媒体人员等。由他们写的或描写他们生活的小说，被称为"NW1 小说"。

但幸好对于描写与我完全不同的人的生活的小说，情况不是这样，比如奈保尔，还有菲利普·罗斯，文学巨人如托尔斯泰、艾略特、狄更斯、普鲁斯特、福楼拜，特罗洛普[1]（是的，我把他的名字也放了进来，因为我觉得他被严重低估了）身上也不会出现这种情况。这些人如此杰出珍贵，是另一种完全不同的人，和音乐天才一样，有着非同寻常的想象力，完全称得上世间罕有。只有极少数当代小说家能够打破障碍，进入他们的疆域，我觉得大卫·福斯特·华莱士在《无尽的玩笑》里的表现尚能称道，但他似乎写得太费力了。玛格丽特·阿特伍德也常能在巨人的行列找到一两个立足点，还有帕特·巴克关于"一战"的系列小说，以及希拉里·曼特尔，她在《一个更安全的地方》（这本书的关键，是从罗伯斯庇尔、卡米耶·德穆兰和丹东的角度来观察法国革命的！）

1　安东尼·特罗洛普（1815—1882），英国作家，代表作品《巴彻斯特养老院》和《巴彻斯特大教堂》等。

绝对达到了这种状态。

当然还有一些小说家我无论如何也会喜欢，不管他们写什么都觉得好。比如契诃夫，W. G. 塞巴尔德[1]和艾丽丝·门罗，我不想在此分析这三个迥异的小说家写的东西好在哪里，如果要写，至少得再增加整整三大章，不管怎么说我不过是个读者，不是批评家，所以就算想分析也未必做得到吧。因此，不再对小说"感兴趣"并不意味着我就认为写小说不需要出色或令人羡慕的才华，只不过年纪渐老让我变得越来越挑剔，如同一个食欲逐渐衰退的人，只会被特别罕见的美味佳肴诱惑。我的这种挑剔并没有延伸到非小说领域，因为非小说的吸引力更多取决于叙述题材，而非作家的想象力。

我也不再需要思考人和人之间的关系，尤其是情爱关系，但我依然想要吞咽事实，想获得能

1　W. G. 塞巴尔德（1944—2001），德国作家、学者，被公认为诺贝尔文学奖得主级别的作家。代表作《移民》《土星之环》。

让我的心智游荡、兴趣扩展的素材。最好的例子，就是对工业革命早期阶段的理解，我通过三本，哦不，是四本书而大开眼界，对此我真是开心极了。

第一本书是《万魔殿》，汉弗莱·詹宁斯花费了多年时间收集了这本书绝妙的素材提纲，由他的女儿玛丽·卢在查尔斯·马奇的帮助下辛勤整理才得以完成，在他死后很久才发表。书的副标题是"当代观察家眼里机器时代的来临，1660—1886"，这本书让人叹为观止的丰富内容，高质量的文字及写作方式，令读者的心灵产生了欲罢不能的兴奋感。我读的时候根本放不下来，它让我清晰地看到发现和成就的欢欣由于随之而来越来越多的利益驱使，最终导致了悲惨的结果；看到理想主义如何倾覆而成为贪婪和肮脏。我们出版社于1985年出版过这本书，但在销售上没做太多推广，所以这本书今天已经很难找到了，如果你还能找到的话，我强烈推荐。第二本和第三本都是传记，布莱恩·多兰写的乔赛亚·韦奇伍德[1]的生平以及查尔斯·达尔文的书信。韦奇伍德的生命生动地见证了一个伟大时刻，即人类历史上忽然意识到科学技术是朝向伟大事物通行证的瞬间，朝向伟大的、杰出的事物。因为韦奇伍德与朋友托马斯·本特利、约瑟夫·普里斯特利和伊拉斯谟·达尔文确信，科学与理性的启蒙将与知识一样，成为非常道德的事物。在短短的一生中，韦奇伍德将简陋的罐制品贸易发展成令人眼花缭乱的陶瓷产业，首先开发自己身上的科学家特性，然后（这就是他的感人之处）相信只要竭尽所能地做事，就一定会成功。他还相信对工人来说，技术进步只会带来便利。尽管他死前不久，确实出现过一些现实征兆，污损了这一远见的纯洁性，但人们依然不能不嫉妒他生存时代的希望思潮。而查尔斯·达尔文的书信，尤其是他年轻时写的

1　乔赛亚·韦奇伍德（1730—1795），被誉为"英国陶瓷之父"，18 世纪英国工业革命的领袖之一，以他名字创立的陶瓷品牌"韦奇伍德"是世界上最具英国传统的陶瓷艺术象征。

那些，不仅说明了他不断增长的天才，而且说明了连最平凡的生命，那些乡村医生、牧师、乡绅、商人们，也被科学的涟漪所搅动——人们到处敲打岩石、收集贝壳、解剖植物、观察鸟类。就是这种通过科学观察来学习的热情，为托马斯·比伊克[1]提供了繁茂成长的空气，而珍妮·厄格洛讲述了他一生的故事，只能用"完美"一词来描述，这就是我要说的第四本书。

在那个时代，比伊克并没有很热心地拥抱所谓"现代"的东西，他坚持传统的木雕技术，不喜欢围栏，青壮年时期一直喜欢长途步行，老了以后改乘火车旅行。自然主义者的天生禀赋和艺术家的光彩给他带来了盛名，因为在那个时代，这些特质就是对"现代"的定义。在私人生活里，他非常热心与商人朋友们一起讨论科学和政治领域的新发展，这种创造力以及理性的生命力，在

---

1 托马斯·比伊克（1753—1828），英国版画家和插图画家，木口木刻之父。

这些几乎没有受过教育的男人中开花结果。他们经常聚在酒吧或辩论会里，如比伊克所属纽卡斯尔的文学哲学协会，这个社团到现在依然存在，是典型的生机蓬勃时代的产物。透过异常的敏感和丰富的细节，厄格洛将这些激情的、脆弱的、古怪的、可靠的、可爱的男人们栩栩如生地呈现出来，在全书结尾时也一个不想落下。

我从非虚构作品里得到了很多东西，但这四本书，我认为是其中最卓尔不群的。有这样的好书相伴度过假期，是多么令人神清气爽的事啊。

另有一类老年人爱读的书籍，我也常常沉迷其中，就是自己年轻时候曾经喜欢过的作品。读这些书通常只是纯粹娱乐而已，但我因此看到，当代一些很普通的小说也比我年轻时读的故事复杂有趣，更别说"一战"之前的作品了。那些书是我父母在他们年轻时买的，我从儿童房搬出来时还在我家书架上放着呢，所以我也读过一些那时候的书，当时也很喜欢。我的家人都对经典作品很熟悉，也很喜欢，但他们读得最多的，自然还是报刊的文学评论栏目介绍过的东西，这些书，从严肃的好书到舒适的中产阶级生活描写，或《BJ单身日记》这类娱乐作品全有，很多书现在还满身灰尘地躺在我们诺福克的家里呢。我曾在那里度过很多周末，时不时抽出一本，只为回忆往事，最后总是弄不清楚读完后我心情更低落了呢还是被逗乐了。这里面最好的书似乎都沉重冗长，描写过度（我们能从电影中学会"剪辑"这个字眼，是多么幸运啊），其他书又会是什么样子？大部分是孩童般的废话。

18 世纪晚期和 20 世纪早期战前的岁月，曾一度特别流行历史浪漫小说，其中的一些，比如大仲马和莱特·哈葛德[1]的作品，凭着丰富的想象力和他们讲故事的能力才得以留存。但也许我也只是因为哈葛德是"自己人"，所以才喜欢他的

---

1 莱特·哈葛德，全名亨利·莱特·哈葛德（1856—1925），英国小说家，代表作《所罗门王的宝藏》。

作品。他曾是我外婆家的邻居，我那时常和他的孙辈们一起参加聚会，在无数个周日去教堂聆听莱特先生的朗读课，他的授课方式非常引人入胜，他表现沙得拉、米煞和亚伯尼在熊熊大火中燃烧的场景，长久地留在了人们的记忆里。但也涌现了大量差强人意的书籍。比如杰弗里·法诺尔写的书，他特别喜欢用"我与小贩盖宾·迪克斗争的过程及原因"或者"从此我意识到贞节女神的美德"这类句子作为章节标题，还有阿格尼丝与埃杰顿·卡斯尔合写的书，其中《但愿青春懂得》[1]的下面一段非常典型：

　　"有什么事情，"琴师一边说，一边像宫廷小丑舞弄手上的权杖一般，挥舞着他的小提琴，这一独特举动，让观众疯狂起来，然后他说，"有什么事情，亲爱的，我们今夜不能倾心交谈？有什么事情，没有遭遇罪者的局限？在破晓之前，

1　原书名 *If Youth But Knew*。

这是怎样的春天召唤去年幼鹿的歌声？这是怎样的梦者今生唯一的梦之歌声？夜晚依然贞节而宁静，同时却充满恐惧而震颤；阴影，纯粹的阴影，在熊熊燃烧；无声、无形、无法触摸，但却比阳光、比所有美丽的臂膀就此拥抱的一切、比所有入耳的音乐，更加可爱……啊，青春！啊，爱情！"琴师一边叹息，小提琴一边发出了长长的回响。

这类小说里，年轻女人常被称为少女，她们通常又任性又贞洁，有时也个性十足，非常反叛。但即便如此，结局也一定是她们抖抖索索地臣服在某个年轻男人怀里，这个男人在书的开头可能会显得非常固执己见，但总会发生一个决定性事件，证明此人异常正直。这一对人还很可能遇到一个奇怪的修补匠，或流浪音乐家，或诸如此类的人，他们总有无尽的、匪夷所思的聪明机智。男女主角通常身份高贵，至少也是知书达理，尽管出身良好，却不知何故快乐地与农民或修补匠混迹在一起。这是小说常用的诡计，让他们装成下层人，方便随后制造一堆误会，然后再揭示真相。这类书对阶层的尊重可真够明显的。就算当今的英国小说依然替中产阶级说话，但已经不像在这些书中表现得这么愚昧自得了。但这些可笑的书籍，依然大受很多聪明又有修养的成年人追捧，当然，我自己也曾是其中之一，我当时大概十来岁吧。所以谁知道一百年后书籍又会是个什么样子呢，反正现在最流行的小说我和其他老人们实在是受够了。也许未来会证明我们是正确的。

我如此依赖于阅读，是因为我从来没有培养起看电视的习惯。我甚至从未买过一台电视机。1968年为我做清洁的女人曾送过我一台，因为一遇到重要节目，屏幕上就会出现弯弯曲曲的曲线，所以她打算买一台新的，因此大约有几周时间，我每周都看电视，总期待着下个节目可能会不错，但我从未等到。因此我把电视机放进了储藏室，那个房间现在巴里住着，到现在我也没等到好看的节目，或者换句话说，我的财产继承者没等到，

后来巴里换了好几台电视机呢。我只看温布尔登
比赛[1]和德比赛马，或看看泰格·伍兹[2]的表演。
我曾经看《全国越野赛马锦标赛》节目，但现在
已经受不了节目里马匹被杀害的场面了。尽管我
年轻时心肠很硬，现在却发现自己看不下去任何
残忍场面，连写得很逼真的此类文字，我也无法
卒读，甚至我非常喜欢的威廉·达尔林普尔[3]写的
《最后的莫卧儿：一个皇朝的覆灭，德里，1857》
也是如此。该书描述了 1857 年德里的毁灭场景，
是一本非常重要且充满才华的书籍，我看不下去
仅仅因为书中描述的可怕的事情。但媒体上天天
报道的恐怖事件不在此列，这些事情是人们必须
了解的，但就算这些，我也是尽量避免接触细节。
人们聚在一起讨论电视节目时，我常为自己不了

---

1 温布尔登网球锦标赛，简称"温网"，是一项历史最悠久、
最具声望的世界性网球公开赛事。

2 美国著名高尔夫球手。

3 1965 年出生，苏格兰人，历史学家和游记作家，著有《王
的归程：阿富汗战记：1839—1842》《精灵之城：德里一年》等。

解内容而尴尬，这种事情常常发生，报纸的专栏节目里也有大量有关电视的内容，这些对我来说，都是毫无意义的牙牙之语，尽管我能意识到自己这种有意忽略没什么可骄傲的，我只能说，自己内心深处某个愚蠢的地方非常坚持这一点，让我从未有可能纠正这一行为，对我来说，买台收音机都比买台电视机容易想象。我曾有一段时间非常迷恋BBC三台，对音乐如饥似渴，现在我的耳朵已听不见了，传入耳膜的音乐大多数变得扭扭曲曲，刺耳无比，我只能放弃。不过，如果下一步上帝再不允许我阅读了，我希望还能再次听听BBC四台。因为已经有远在纽约的朋友考虑为四台而搬到伦敦来了。

Chapter *13* 第 十 三 章

我用以逃避责任的手段大多数是最常见的活
动，只因为我老了，这些活动才变得越来越有价
值，我享受之时感觉也越来越强烈，因为我知道
自己时日无多了。但无疑，我觉得自己晚年最好
的部分，一直到现在都存在着，这让我觉得稍微
有那么点不同寻常。这就是我有幸发现了自己的
写作能力。我倒没觉得自己的写作能力有我的朋
友罗丝·哈克那么好，她在一百岁高龄时成为了
英国年纪最大的报刊专栏作家（她为《卡姆登新

闻》写作），但我觉得这种写作能力会陪伴我一阵子，至少能到我九十岁生日吧！简直无法想象该如何描述我对这一事件的感激之情。

这完全出乎我的预料，而且我已经做成了两次。这好像很不常见，因为大部分作家似乎在生命的早期就发现写作是他们这辈子最想做的事。而我小时候只是喜欢读书，青春期我倒是喜欢写信，朋友们也都还觉得我的信写得不错。但那时我并没有立志要写书，可能是因为我年轻时候"书"这个词就等同于"小说"，而我，却缺乏成为小说家所需的想象力，那种创造人物、事件甚至（如果是天才的话）整个世界的能力。也许正是因为喜欢读别人写的东西，我走上了编辑之路，但这也意味着我所拥有的无论哪种创造力，已经从日常工作中找到了出口，因此这种创造力才花了这么多年来积累起可见的能量。

这种能量聚积起来，最早以小爆发的形式呈现出来，就像火山岩地带很小的温泉在这里或那里冒出一些泡泡。我曾写过九个小故事，都是未经计划，突然写出来的。就像是哪儿有了一种令人愉悦的痒痒的感觉，忽然无中生有地冒出了一个句子，然后"嗒"的一声，一个故事流出来了。其中一个故事还赢得了《观察家》短篇小说奖呢，这让我感受到醉酒般的兴奋，因为我看到自己终于能把文字按正确的方式拼到一起了。但尽管如此，我在写第十个故事时，仅写了两页就颓然中止，随后就没再写新故事了。这个宁静期大约持续了一年，后来有一天，我因为找东西打开了一个平常很少用的抽屉，看到了这两页开头，就读了起来，我想，也许我能为这两页做点什么，第二天把纸放进打字机，这次可不是"嗒"的一声了，而是"嗖"，我的第一本书《长书当诉》，就此开始。那些故事是我的脑海里无意识间积累起来的一些线索，积累的目的，我之前一直没有意识到，其实是疗伤。

二十年前我有过一次心碎的经历，那以后我慢慢地学会接受，以帮助自己舒适安静地生活，因此我想，我接受自己作为一个女人，过去活得非常失败这一事实。而现在，当这本书变成有关那次经历的、尽可能详尽的记录，我痊愈了。这真是一种非同寻常的体验，实际上写作本身也很不同寻常，因为尽管我每天都极度渴望从办公室赶回家继续写作，我却根本不知道，确实不知道，下一个段落会是什么样子。我通常会快速阅读头一天写的两三页，然后立刻就很自然地继续写下去了，而且，尽管这样的写法绝对缺乏科学的方法论，但等我写完后一看，这本书却呈现出精心布局的状态，当时这让我吃了一惊，我想很大一部分构思工作一定是在我的睡眠里完成的。最后的结果也非同寻常，因为那书一旦完成，我心里一直存在的失败感也随之消失，转变成一种美好的感觉，我觉得当时我比生命里任何一个阶段都快乐开心。我确信写作是我最喜欢的事，并希望自己能写更多。

确实发生了更多要写的事情，其中有两件是伤害事件，一件是我一直尽力帮助的男人自杀了，另外一件是一个年轻女人被谋杀。事情发生后，我立刻想到"我应该把这事写出来"，似乎写作是我的头脑清空悲痛自然的、注定的方式，而且在这两个事件中，事件本身都自成"故事"，因此写这两个故事与写《长书当诉》相比，神秘感少了很多。写作的感觉并不是"令人愉悦"的，而应该是"沉浸其中"，确实，写作非常吸引我。而且当然，这两个故事也都让我"克服"了一些痛苦，帮助我恢复，以至于我把故事一写完，就把它们放下了。如果不是有朋友催促我发表，可能还一直放在那里呢，其中第二个故事放在抽屉里有十六年之久。

这些书在完成它们的历史使命之前对我来说并没有太大意义，尽管很自然地，我喜欢人们对它们说些好话。这一点，对我20世纪60年代写的小说也一样，当时我的发行商不断絮叨那本书好。如果有人非常明确地告诉你写得不错，你就会情不自禁地开心，就像打了一剂自尊心维生素似的。那时候，如果有人写东西不错，但写的不是小说，就会有人不断地逼你："什么时候让我们

看看你写的小说呢？"我做出版人时可从没这样
逼过别人，因为我觉得这种话完全没道理，而且，
不管怎么说，我们周围总是聚集着大量写得还不
错的人，想方设法要把他们的小说塞给我们出版。
我不顾对自己更好的判断力，终于投降了，写了
一本小说，尽管最后我也为它而骄傲，因为这小
册子看起来也还相当不错，而且现在我也能开心
地记得一些写作过程，但总的来说，这完全是一
件惊人的艰巨工作，我发誓永远也不再写小说了。
这件事只不过证明了任何一个能写作的人，被逼
急了也能挤出一本小说来，对我这个特定的人来
说，纵然如此，我也非常清楚我不是小说家。我
对那本书有一种疏离的感觉，因为那不是我真心
想写的东西。另外两本书，或许我对其成功与否
的关注没有对《长书当诉》那么强烈，我当时有
点尴尬，因为我把人们认为通常只能对少数人说
的隐私公开了。我当时相信，现在依然相信，除
非一个人尽力描述真相，否则描写人的经历毫无
意义，但我这种信念确实与从小的核心教养——

别太拿自己当回事相左。

我一方面想持续写作，一方面发现，除非一件事情在心里痒痒着要出来，否则我无法写作。我能很容易地在纸上写信、写介绍、写书评，诸如此类，但如果仅仅从理性上我想要讲个故事，或研究个主题，而不是因为源于内在的冲动，写出的东西就非常迟钝。如果执意要这样做，我也可以填满纸张，但一部分一部分地写下去，我会觉得非常无聊，直至疯狂。什么时候会写，这种感觉很难说清楚，或许因为我从来没有想清楚过原因，或许与某种东西忽然击中了节奏有关，或者是忽然沉入一个充满节奏的层面。如果没有这一点，句子就是死的；但有了它，当东西击中节奏时，我能够感知，别问我这是怎么发生的，因为句子是自动流出的，好像不受我的指挥一样。我确信，真正的作家，不会是我刚才描述的情况，他们会更有秩序有规则，能够遵守这些规则，同时毫无疑问，也有接收到那种神秘节奏的天赋。而我自己则全然依赖于特定的刺激，我一直觉得光凭这一点就能证明我不过是个"业余作家"而已，当然了，这样说并不意味着我要收回"写作是我最喜欢的事"这句话。

不管怎么说，到我退休之日，也就是差不多七十五岁时，我已经很长时间没写东西了，因为很久以来都没发生什么需要治疗的事情。对此我深感遗憾，因为我确实非常喜欢写作，但我心里的这个信念如此坚固，我觉得自己必须为了疗伤而写作，别的任何理由均不成立，也无法想象。人们劝我："你在出版业做了五十年，你和那么多有意思的人一起工作，你应该写，你知道，你真的应该写！"此时，一片无聊的乌云就会降到我头上，我就会回答："可这不是我的写法。"至少，我刚退休的头两年确实是这个样子。

后来，我偶然发现自己开始回忆过去的一些事件或侧面，饶有乐趣地沉浸其中，时不时地，我会信笔写下几页刚好浮现在脑海里的东西。大多数时候，我写的是我们出版社早期的日子，因为在又没钱又没经验的情况下成立一个出版社，实在非常好玩。我说没经验是针对自己而言的，我们这一冒险行动的活的灵魂——安德烈·多伊奇，虽然只有一年的经验，但他一年的收获远甚于很多人一辈子的积累。回头看看，那是多么不同寻常而有意思的时光啊，我能跻身其中又是多么幸运。有一次我还想起当年搬进位于圣罗素街的办公室，能自信地称呼自己为出版社，那火一样噬噬作响的激情似乎再次从记忆中喷涌出来。但一想到后面还有三十年要说，那块无聊的乌云就再次降临到我头上，要怎样穿越这三十年的历程才能避免我的絮絮叨叨不把所有人送入梦乡呢？我自己都会睡着吧。想到这里，我就把刚写下的东西推到一边，不再想这件事，直到另一个奇怪的，或有趣的瞬间再次浮现。

有两个角色在整个写作过程中变得越来越清晰，实际上是两个形象，一个是奈保尔，一个是简·里斯。我发现自己竟然可以满怀激情地写作与自我情感经历完全无关的东西，这一发现非常令人开心。当然，这里并不缺乏情感因素，只不过并非任何深层次的感情，也就是说，这次的写作里并没有"疗伤"需求。我发现自己已经能够仅仅因为对主题感兴趣就开心地写作，对我来说，也是全新的经验。这也是有关简·里斯的那部分内容而推动的。

简·里斯是个作家，她的读者要么觉得她非常烦人，要么被她迷得神魂颠倒，没人质疑她的写作能力。她遣词造句的方式非常精妙，但有人无法忍受她笔下那些无情无能的女主角们，或者我应该用单数人称，女主角，因为简·里斯笔下的女人们全一个样。有人觉得她的女主角非常非常令人感动，常常猜测原型就是作者本人，因此，那些知道我在她生命的最后十五年与她交情不错的人，总是对我提出很多有关她的问题。我街对面的邻居汉德拉·宾利（也是个作家，几乎与简一样出色，但在生活里又与她如此不同，她们完全属于不同种类的人）有个朋友，名叫柳克丽莎·斯图尔德，是简的书迷，请汉德拉帮忙约我，于是我们三人一起吃午饭。见面时，我告诉她们我最近已经写了很长的一些关于简的东西了，柳克丽莎于是建议我将文稿寄给她认识的一个《格兰塔》杂志的编辑伊恩·杰克。

我当然知道《格兰塔》，但我忘了伊恩已经从比尔·比福德那里接手做他们的编辑这件事了。在比福德时代，尽管我非常崇拜这本杂志，但总觉得有点难以企及，因为这里是马丁·埃米斯这类作家的自然栖息地，而他们的世界似乎与我的世界相去甚远，因此每次看到这本杂志我都觉得自己的身体立刻就僵直了起来。伊恩相比没这么吓人，倒不是因为我觉得他也和我一样，僵直着身体，而是我觉得他看待写作的角度大概会比比福德更广博，我一向喜欢他写的东西，而且我也知道他喜欢我的《长书当诉》。如果我给伊恩寄稿子，他回绝了我，我觉得他应该有合理的原因，而不会因为仅仅认为我是个乏味愚蠢的老女人就拒绝我，因此我大约只会失望，而不至于受伤害。因为这个唧唧歪歪的理由，我决定听从柳克丽莎的建议。

他确实退了我的稿，解释说我的稿子不适合他们杂志发表，我之前的感觉确实是对的，我并没有因此觉得很痛苦。反过来，这个经验还很有趣，因为他加了一句话，说如果我的文稿是一本书的节选，他倒蛮想读一读这本书。那时我还忘了另外一件事情，那就是《格兰塔》杂志是一个机构的分支，这个机构同时还有个出版社呢。因此，现在我有了个出版商，还明确向我表示有兴趣出版有关我自己生活的书，当然，前提是我随意写下的点点滴滴，最后能组合成书的形式……我写下的片段，在我的眼中忽然有了全新的形象，值得从抽屉里拿出来见见天日，严肃地看一看了。

完稿之后，我吃惊地发现将手边那些材料转换为一本分为两部分的书，工作量也不是太大，书的第一部分是关于出版社的建立，第二部分则是我们出版的一些作家的逸事。原来我并不需要一步步梳理出版社走过的所有岁月啊，这次写书的过程，我更像个编辑，而不是作者，而我一直都是做编辑的人嘛。书不太长，但这没什么问题，因为我一直喜欢简洁的东西，不喜欢冗长。整个安排、润色、扩充的过程，包括伊恩提出关于结尾的建设性意见，都非常愉快，因此做完整个工作之后我竟然有些遗憾，或者换句话说，如果我没有高兴地在最后一分钟灵光一闪为这书取了名字，我本来确实会觉得遗憾的。书名如果不能自然而然出现，就会令人头痛，我过去曾经花了无数时间和作家们一起，一个个审核待选的书名清单，越看越郁闷！所以这一次，我毫不费力地想了个贴切的名字后，立刻觉得非常满意:就叫《未经删节》[1]，就是它！好啊！别忘了，我是在八十岁完成这部书的呢。

当然，意义不止这些，还有很多。写这部书几乎算得上所有写作经验中最好的体验。你想想，刚写完一本书，你尊敬的出版社就立刻接受了它，然后书又广受好评，这一切，无论在生命的任何时间发生，都令人心怀感激。随后两年中，这一

---

1 原书名为 *Stet*。

过程不断重复,我写《昨日清晨》[1]时又体验了一次,更让我快乐。在我如此高龄,还能体验这一切……我想,我有三个理由说明为什么人老了之后还能这样做,体验到的就不仅仅是感激,那绝对是纯美滋味。

首先是因为始料未及。如果有人在我七十多岁时告诉我,说我还能再写一本书,我一定觉得他们疯了,仅仅胡乱涂抹几笔让自己开心,哦,这倒有可能,但写书,不可能,也没什么东西要写啊。这怎么可能,特定事情曾引发过我写作的愿望,但那个阶段已经过去这么久了,怎么可能再次发生?对此我恐怕还得加上一句:"感谢上帝!"因为这些事情在经历时是多么痛苦啊。但后来,当事实证明仅仅因为我很享受地回忆了在出版界工作的时光,也能让我写这么多页,我的童年自然而然地浮现在脑海里了,"这些事我觉得有意思,但别人会不会觉得有意思呢?"关于出

---

1 原书名为 *Yesterday Morning*。

版界的东西或许会让做这行的人开心，但他们也不过是广大读者群的很小部分，因此，如果我是出版商，别人给我送来《未经删节》的书稿，我愿意承担这个风险么？或许也不愿意吧。那么《昨日清晨》呢？这么多年前的事了，又这么不时髦！如果出版商或读者对这些书说"不好"，我一点都不会觉得意外。

因此，听到他们同时对我说"嗯，还不错"时，确实让人非常惊异，就像受到一场未经期许却又万分隆重的款待。

这就是因年纪而来的第一份收获。第二就是我的书没一本涉及很深的层次，所有书都能轻松看待。人年轻时，很大一部分自我是基于别人怎么看待你而创造出来的，这一特点通常会持续到中年。在性的领地，这一点尤其突出，我现在还记得一个同学，是个胖胖的、长相普通的女孩，很开心也很乏味，毕业后一年，有一次我偶然在车站遇到她，有一个瞬间完全没认出她，因为她变得非常漂亮。发生了什么呢？原来是一个我们都认识的时髦男人曾爱上了她，并向她求婚，他觉得她很可爱，喜欢她的开心模样，于是她就成了一个自信又有吸引力的女人。这种类似的转变可能发生在与自尊相关的很多方面，其结果可能是良性的，也可能是有害的，我自己长大成人的早期，自尊心曾经被类似的事件击倒。但如果你老了，你就超越了所有这一切，除非你异常地不幸。在我四十多岁时，人们觉得我会写作，能出版书，这个事实朝好的方面改变了我，当然，也完全可能朝另外一个方向让我变得更糟。我现在已经八十多岁，这样的事情不会再发生了，没什么事情会对我的自尊心产生如此至关重要的影响，对此，我有一种奇怪的解放之感。我想这大概也意味着我会损失一些东西吧，比如不再会有令人心灵颤抖的各种可能性了，但同时，却能让一切经验变得愉悦，以一种简单的方式，其实就是简单的好玩而已。我在一生中，从未像现在这样舒服地、长久地享受过自己，就像在《未经删节》出版过程中体验到的一样，写《昨日清晨》时也有类似的欣喜，当然，只不过后者出版时正好赶上我因为巴里的手术而忧心忡忡，所以受了一些影响。

第三个收获与第二个息息相关，我发现自己不再因害羞而窘迫了。我过去的工作偶尔需要我在公众面前说话，我总是特别害怕自己到时候没话说，因此总是提前就把要说的东西打好，到时候读出来。有一回我必须赶到布莱克浦[1]一个气势宏伟、闪闪发光的酒店，给一群闪闪发光的女士们介绍些关于烹调的书，别人透露说，这些女士的丈夫们都是做餐具生意的商人，正在此地开会。我的演讲被安排在一个较小较暗的"功能性房间"，那个房间有很重的味道，但也不是什么肉汤味道，结果一个人也没出现。我大大地松了口气，但奇怪的是，我的解脱中却混合了一丝羞耻感，因此我未能好好地享受这种解脱之感，尤

1　在英格兰西北部兰开夏郡，西临爱尔兰海，英国广受欢迎的海滨度假胜地。

其当我蹑手蹑脚离开演讲厅，回到房间后，感觉更不舒服，因为我发现自己竟然忘了在行李里带上本书来打发时间。

这样的经历对我来说总是非常残酷的考验，所以当格兰塔出版社第一次将我推到文学节上时，我紧张得要命。我当时并没有意识到自己有多么幸运，这个活动在海伊镇[1]举行，这里是最欢迎此类狂欢活动的热情之所。我根本无法事前准备，因为给我安排的是一出三人访谈，也就是说，三个写自传的作者一起讨论各自写书的动因，这让我更紧张。幸好三人之一有安德烈娅·阿什沃思，我非常崇拜她写的《浴火重生的女孩》，我甚至曾给她写过追捧信呢；她也因《未经删节》给我写过一封信，彼此抱有这样有趣的灵犀和感激，所以我们在酒店的见面非常快乐。这个光彩照人的年轻女人拥抱我之后，我跟跟跄跄地跟着她走进

1　位于英国威尔士中部山区，是全球第一个、也是目前第一大的二手书镇，被誉为"世界旧书之都"。

访谈的帐篷，随后就被淹没在亲密有趣的谈话中了。我们彼此交换着人生经验，此时我向帐篷外看去，只见拥挤的人们脸上都流露出期待好时光的喜气洋洋，我也不觉得意外，并且忽然发现自己真的想和他们交流。确实，当天晚上，我内心深藏很久的东西终于展示出来，我可以让他们大笑！我喜欢让他们大笑！我唯一要做的是拼命控制住自己不要贪婪地喋喋不休，不要超过预定给我的时间。从那时起，站在公众面前就成了一件愉快的事，当我上《荒岛唱片》这个节目时（这次访谈对亲戚、朋友而言更有意思，但一些陌生人给出的评论也确实比很多出色的评论家还好），这种公众演讲对我来说不仅变成了狂欢，而且是一个奇迹，因为和主持人休·劳利一起八卦似乎自然而然，浑然天成，播出前我觉得很多部分都应该删改，但播出后我非常震惊地发现，一个字也没有动过。她真是专家啊，在建立这么轻松谈话氛围的同时，对时间的控制依然如此精准。

不难看到，很多作家推广自己的作品时，常

常深感其苦，觉得这是单调无聊的杂事。但对我而言，这事有时像被人款待，有时是个玩笑，完全出乎预料，事情本身也是一个令人愉快的经验，让我对生命的沉思变得欢愉。我在很长一段时间都觉得自己生活得非常失败，但现在，当我回头看时，谁会相信啊，完全不是我当时想的那回事！

Chapter *14* 第 十 四 章

　　任何超过八十九岁的人回头看自己的一生，
都会看到星星点点的后悔。毕竟，每个人都了解
自己的不足和懒惰，被人忽略的地方，曾有的疏
忽之处……一个人出于无数原因，可能连自己的
理想也未必能实现，更别说别人或更出色的人为
他设置的目标了。这些事情一定会、绝对会在你
生命里堆积出大量的遗憾，不过在我此刻目力可
见的范围内，它们却已经消失了。后悔？我对自
己说，后悔什么呢？我这种无视后悔的态度，部

分源于我身上重常识轻想象力的优点，既然世上
没有后悔药吃，还不如趁早忘记。不过这也说明
一个道理，就是一个人如果一直很幸运，超出了
他对自己的期待值，到了最后，这个人很可能因
此变得得意扬扬。这种想法可能不怎么令我舒服，
但我还是想深入研究一下。

最令我吃惊的是，我并没因为没有孩子而感
到遗憾，因为我知道自己曾有一段时间充满激情
地想要孩子，后来还流过产。这样的缺失对女人
来说本应该是很重要的一件事，但实际上对我的
影响没这么大。我想原因可能是这样的，除了那
仅有的一次之外，我身上非同寻常地缺少母性本
能，这一缺点或许天生如此吧。当我还是个孩子
时，就对洋娃娃不感兴趣，我根本看不上它们，
我的第一个玩具是个白兔子，让我弄得很脏后被
他们从我的小床上拿走了，后来我喜欢过一头大
象，但洋娃娃，我从来没玩过。到现在我都记得，
我十九岁时曾和一个小婴儿同处一室，就几分钟，
我靠在孩子身边，认真地研究，努力想找到被感

动的感觉，最后的结论是，这个毫无吸引力的小东西对我毫无意义，我宁愿随便什么时候找个小狗一起玩。这种反应曾让我很担心，但这种担心也不太深，因为我告诉自己，一旦我有了自己的孩子，我肯定会爱上他们的。这就是世界运转的方式嘛，很显然，看看那些女人们显而易见地爱自己的孩子，这种本能一定是伴随生育而来的。我不断这样说服自己，特别是在保罗开心地说起我们将来的孩子之时尤其如此，那可是他最热衷的事，给他们取名字啦什么的，如果只有我一个人，我是不会玩这种游戏的。在他面前装装样子还勉强。我在二十到三十多岁期间，从未想过要孩子，对别人的孩子，除了一些含混的好感之外，也没有滋生出再多的情感。别的女人不断渴望生孩子时，我沉默地隐藏自己的感情，而看见蹒跚学步的小孩，我虽然还没有过分到会去指责他们，但确实非常反感他们在周围晃荡，只有极其偶然的情况除外。

　　不管怎么样，我觉得一旦有了孩子就会爱上

他的想法很可能是正确的。这一点在我四十三岁时变得更明显，那时我的身体在和头脑抗衡的过程中占了上风，因此我非常想怀孕。我之前也曾怀孕过，但每次都毫不迟疑地做掉，没带来任何负面情绪影响，但这一次，似乎我内心深处埋藏着的某种东西苏醒过来，对我宣布："如果你现在还不生个孩子，你永远都不可能再生了，所以不管三七二十一，我都要给你一个。"我发现自己怀孕后才意识到，也许是避孕措施疏忽了，但下意识层面，这种疏忽也可能是有意的。就算我想当然地说自己不喜欢，要去流产，但后来却一遍遍找理由，就是不去实施，我意识到，我其实根本没打算去做流产手术。意识到这点令我非常快乐，这是一种令人兴奋的完整的快乐，到现在我还记得，如果没有体验过这一点，我的人生会更加贫瘠，谁会不爱从这样的快乐中带来的孩子呢？

但孩子并没有来，或者说它来过，只不过以流产的形式，在我感觉最健康的生命阶段，在孩子怀了四个月之时。那次流产几乎要了我的命，我差一点就没能及时赶到医院。我知道自己命悬一线，那时我的意识已缩小到仅能感知担架的范围，我躺在血泊里，依稀听见担架旁传来了声音，他们刚派了个人去血库取血，一个男人说："打电话给他，让他跑快点。"另一个人说："她快不行了。"我不仅能听见他们说话，还能听懂他们的意思，我甚至想："多么血腥愚蠢的委婉用词啊。"我当时的状态还不叫"不行"吗？他其实是想说"死"。所以我是不是该理性地想想，我的遗愿是什么？我似乎模糊地努力了一下，但实在是没有力气想下去了，唯一想到的是："好吧，死就死吧。"

那个取血的家伙还跑得真快，他们把我放在手术台上，给我做了刮宫术，然后我记得很多双手把我从担架抬到床上。有一段时间我有点恍惚，不记得这是术前还是术后，随后立刻因麻醉剂的作用而吐了起来，同时意识到肚子已没那么不舒服，也不再流血了。仿佛就从身体的那个部位，传来了一阵完美的欣喜之感，汹涌地将我笼罩：

我还活着！我感受到完整的自己，而其他的一切，都不再重要了。这是前所未有的最强烈感受。

这种感觉将失去孩子的悲伤扫荡一空。当然我也觉得不开心，但这种不开心没那么强烈，也没那么活跃，与怀孕的快乐相比完全不成比例。流产后我做过一个梦，一个没那么强烈没那么活跃的小梦。我梦见自己从地铁下了车，车门关上的刹那，我忽然惊恐万状地想起我把孩子留在车上了，我顺着站台焦虑地奔跑，想着怎么才能比地铁早赶到下一站救她。在梦里，那是个女孩，但我清醒时一直觉得是个男孩。这种焦虑的痛苦远远超过了失去的痛苦。这以后，生活逐渐恢复了原状。

我感觉奇怪的是，这个毫无疑问本该在我生命里非常重要的进步，就被以那样的方式衰减或直接取消了。这整件事情就像化学反应，对于更年期的来到，我身体的反应是从自身抽取了更多的东西，或抽取了我原来本没有这么多的东西，这事发生后，就不再抽取，因此我生活的常态就重建起来。我并没有因为自己未曾体会失去之痛，就觉得自己不会是个好妈妈，如果没有这次流产事件，孩子生了下来，我很可能与自己的妈妈一样，是个几乎完美的母亲，在达到一定理性的年纪后，比年轻时给予孩子们的爱更好。她雇了奶妈来减缓我们婴儿期给她带来的负担，所以能表现得相当符合我们对母亲的期待，但对没有奶妈管着的孙辈们，她从来都无法掩饰那微微的不耐烦。但是，对于我从此失去了证明自己能做个好母亲的机会，不管怎么努力，我还是不太介意。现在，我老了，和从前相比，我对婴儿和小孩儿的兴趣多了很多，实际上我还蛮喜欢他们，因为最近家里来了个孩子，我们都觉得很有意思，我不必为孩子做什么，只需要怀着兴趣和羡慕观察他，这让我觉得非常开心。但如果再次问自己："你对自己没孩子，没有孙辈真的不觉得遗憾吗？"答案依然是："是的，不遗憾。"正因为我没有，也做不到承担和这些孩子们近距离相处的麻烦，我才能不受约束地去理解他们的爱和希望。

自私吗？不，我希望不是，说自私涉及我人性的全部，但我内心确实有一个顽固的自私的节点，让我小心翼翼地避开需要我奉献全部自我的任何事情，比如母亲需要将自己全部奉献给孩子。就是这一点，让我在这么长的时间中都不想要孩子；也是这一点，让我从失去孩子的悲哀中恢复得没那么困难。因此，总的说来，我确实有个很大的遗憾，不是因为没孩子，而是我内心深处的自私，我不因为没孩子而后悔，让这个缺点如此清晰地暴露出来。现在我还记得自己在小孩面前完全没信心，不过他们长大一些我倒很容易喜欢他们，我曾让自己的表妹芭芭拉非常失望，我住在她的房子里，不管我曾经怎么看待她，我现在已经把她当成了自己的朋友。她四十多岁成家，生了三个孩子后不久就和丈夫分手了，不得不以一己之力承担抚养孩子们的责任，努力做一份全职工作来养活他们。那些年她是怎么奋斗过来的，我不得而知，我相信她自己回想时也会觉得是个奇迹，但在那样的时刻，我帮过她吗？没有。对她面对的困难，我视而不见，很少见她，甚至还因她为了孩子的无聊世界，或者说无聊的孩子世界，就放弃了自我而深感悲哀。那以后，她也说过不再做那种求我帮忙的黄粱美梦，她太了解我对她孩子的冷酷无情了，对这一点，我不仅觉得后悔，简直觉得羞愧。

一件憾事引发另外一件，尽管感谢上帝，这件没上一件这么令人羞耻。那就是，我从来没有勇气逃脱自己的狭小世界。我有个侄女，一个美丽的女人，我不想提她的名字，因为她不喜欢这样。她是三个孩子的母亲，最小的儿子也已追随哥哥们的脚步上大学去了，在整个婚姻期间她一直在工作，她的工作是修补油画。不久前，一次晚餐时她正好坐在一个外科医生身边，不经意地提起如果她能重新活过，她会选择学医。他问她今年多大了，她回答四十九岁。好吧，他说，她还有时间，他们医院收五十岁以下的学员学习接生，她一回家就报了名。我上次见她时，她自豪地告诉我，她已经带领团队接生过六个孩子了。

她说有时也会问自己："我这是在干什么啊？"但她依然无法想象在这个世界上有任何事情，比帮助、见证生命的开端更令人兴奋和战栗。她还说，最令人感动的场面，是父亲哭泣的时候（她接生的六个孩子，父亲都在场），每当此时，她总是不得不走出产房，掩饰自己想哭的冲动。她是个相当能克制自己微妙情绪的人，看到她的脸因为谈及迎接新生命的降临而闪亮，我觉得非常嫉妒。走出熟悉舒适的生活环境，走入一个全然不同的世界，她的勇气和行动让她获得了无可估量的价值。而我，从没做过类似的事情。

这倒不是说我从来没对自己所掌控的人生感到不耐烦。我阅读大量书籍，就是为了体验别人的生活方式，我的很多爱情经历也出于类似目的，记得我曾将自己的一次性关系比喻为乘坐玻璃底的航船出海。但要将这种不现实的奇思怪想变成行动，需要特别的勇气和精力，这二者，我都缺乏。就算我能够调集这些品质，我想我也不会去做任何类似接生妇这样有价值的事，而是想想我能去哪里旅行，或者学一门新语言！比如希腊语，我经常想象如果我会说现代希腊语，就可以去那里住上一段时间，深入了解这个国家，但我什么也没做，连一节夜校课都没上过！我上牛津大学时，懒惰地主修英国文学，我知道自己即便为了娱乐也会读这些作品；而没有扩展知识领域，选择一门理科课程，比如生物，等等。我还从没认真地使用过自己的双手，当然绣花除外，这个我很在行。想象一下，如果能用自己的双手做个书架，那该多么有益，又多么令人开心啊！我真的为此感到遗憾。

因此，总的来说，我这一生，一共有两件最主要的憾事：内心深处有一个冷酷的点，以及懒惰（缺乏行动力其实也不乏胆怯的因素，但我觉得懒惰比胆怯的比重大些）。这两件憾事真实存在，但并没有怎么太折磨我，我也没觉得该常常反思。止于此就行了吧，因为天天看着不好的一面是相当无聊的事。我不觉得挖掘过去的内疚对老年人有什么意义，历史已经无法改变了。我活

到了这样一个阶段，现在只关心如何度过当下，
希望大家原谅我。

Chapter *15* 第 十 五 章

　　一个人当下成功与否，更多依赖于运势，较少取决于其主观努力。如果又没钱，身体也不好，心灵从未被有趣的知识或引人入胜的工作熏陶成型，童年也许还遭受到蛮横不称职的父母扭曲，或者在性生活中遭遇过背叛而从此陷于悲惨的情爱关系……如果有人曾经历过前述任何一项或多项，甚至全部不利境遇，又或者任何一项或多项或所有我甚至不敢想象的其他灾难，那么面对他，一个如我这般幸运的人谈论晚年，不管我说什么，很可能都完全没有意义，甚至会显得冒犯。因此，我仅仅为，也仅仅对幸运者说话。不过幸运者的数量可比你想象的要多，因为一个人所经历的好运或不幸，不仅源于周遭。当然，运势的很大部分是别人给予或他人导致的，或因病毒、天气、战争、经济衰退造成，但同样有很大一部分是天生铸就，而所有幸事中最幸运者莫过于天性达观。

正当我就此事陷入思考之际，偶然在《卫报》上读到艾伦·拉斯布里杰[1]写的关于爱丽丝·赫茨 - 萨默[2]的一篇访谈录，后者今年已一百零三岁高龄，她的经历非常精彩地示范了我刚才谈到的素质。

爱丽丝出生于布拉格，父母都是犹太人，他们并不虔信宗教，并与马勒和卡夫卡熟识。爱丽丝师从李斯特的学生，长大后成为非常出色的钢琴家，后来嫁给了一个很有才华的音乐人。1939

1　《卫报》主编。

2　捷克裔英国籍钢琴家，2014 年以 110 岁的高龄与世长辞，是犹太人纳粹集中营幸存者里的最年长者。

年希特勒入侵捷克斯洛伐克时，她正沉浸在快乐、忙碌、富有创意的生活之中，当然这样的生活立刻就被摧毁了。她与丈夫、儿子一起被送往特莱西恩施塔特关押，这是一个所谓的"做秀"集中营，纳粹用它来向国际红十字会的检查人员展示其"仁慈"，所以这里活下来的人比其他集中营多一些，当然最后也死了不下几千人。爱丽丝的丈夫也在其中，他被纳粹从这里遣送出去，死于别处。战后爱丽丝和儿子返回布拉格，发现故园不再，丈夫全家、自己的大部分家人和所有朋友都已消失不见，于是她搬到了以色列，在那里养大了儿子，她儿子后来成了一名大提琴演奏家，在儿子的鼓动下，她又于二十年前来到英国。2001年她儿子六十五岁，不幸突然死亡，现在她独自住在伦敦北部的一间公寓里。在很多人的想象里，她大约会是一个阴郁可怕、孤独凄凉的老女人。

但实际情况完全不同，访谈录上刊登了她的三张照片：1931年光彩照人的新娘，战后光彩照人的年轻母亲，以及今天一百零三岁光彩照人的老妇人，三张照片中眉宇间散发的快乐神情如出一辙。看看她说的话，她说她到现在依然记得在集中营里唯一善良的纳粹邻居，在以色列感受到的令人心灵颤抖的自由，以及她如何热爱英国、热爱英国人，更重要的是，她到现在依然嗜好钢琴演奏，每天都弹三小时。她曾说过，"工作是人类最棒的发明……它让你感到快乐，因为你在做事情"，她和玛丽·路易斯·莫泰希茨基一样令人惊异，而她是天生就有创造力的典型。她沉醉于生活的美妙之中，并非由于宗教的激发，"开始是这样的，我们生来就有好的一面，也有坏的一面，每个人，每一个人都是这样的。然后你会遇到激发你内心好或坏的不同境遇，我相信，这就是为什么人们要发明宗教的原因"，因此她很尊重宗教里饱含的希望，尽管她的内心未必需要宗教的支持。她身上有一种不同寻常的好运，天生就具备强有力地朝向乐观主义的本性，不论经历了怎样的际遇，她依然会这样说："生命是美丽的，如此美丽。而一个人越老，就越能察觉到这一点。当你老了，你思考，你记忆，你关切，你明了。你因为一切而深怀感激，为一切。"她还说："我了解所有事情坏的一面，但我只看好的一面。"

很多人一定会对她的勇气充满敬畏，但我却怀疑爱丽丝自己会不会将这种积极的生活态度视为一种德行。因为她将自己与妹妹做过一个对比，她说妹妹是天生的悲观主义者，在这里，"天生"是关键词。她们姐妹俩天赋的气质，就像老天给她们不同颜色的头发一样偶然。对不幸深感痛苦的敏感，也许在一个人生命力活跃的岁月非常有用，但前提是它有时确能在永无休止地与人性"坏的一面"艰难作战时成为必要的能量。但当你老了，当你的关注点已经变成如何挨过每一天才能将痛苦降低，对别人叨扰更少，此时，这样的性情只会成为负担。不幸的是，像爱丽丝这样，说明老年人需要鲜活心灵和积极心态的榜样，不大可能成为有用的"课程"，因为具备这些品质的人们已然如此，而不具备的人，永远无法企及。

也许我们有一些人正好处于两极之间，被她的故事激发，或许能做得比原来更好一些。

Chapter **16** 第 十 六 章

一本讲老年的书并不一定要以呜咽收场，当然也不可能锣鼓喧天。你们找不到什么可供汲取的教训，没什么新发现，也没看到什么解决方案。除了一些随意的散漫想法之外，别无所余。其中一个想法是，在这个年纪回头看自己的一生，虽然人的生命与宇宙相比如白驹过隙，但从自身的角度，它却依然令人惊异地宽阔无比，能容下许多相互对立的不同侧面。一个人的生命，可以同时包含宁静和骚动，心碎和幸福，冷酷和温暖，攫取和给予，甚至更加尖锐的矛盾，比如一边神经质地确信自己注定失败，一边觉得自己会成功甚至因此扬扬得意。不幸意味着命运的钟摆从较好的位置荡到了较差的位置，并停留不变，一个人快乐的安全感遇难终结；而大部分人的生命经历着命运的跌宕起伏，并非一味朝向幸或不幸的极端；还有相当一部分人，其终点距起点并不遥远，好像一开始就设置了基准，永远停在那里，不论你怎么绕，最后终将返回原地。爱丽丝的命运像一条高高的抛物线，远比一般人起伏极端，但似乎依然遵循这一模式，也许是因为我看过太多其他的生命历程，才有此感触，我知道自己的生命轨迹也是如此。

不久前一个朋友提醒我要小心，说话时别显得太满足了，"因为，"他善意地解释了一句，"因为你其实不是这样的人。"我觉得他错了，我其实就是这样的人。我这种满足感（虽然谈不上扬扬得意）源于快乐的童年，我们家里洋溢着一种温暖的信心，相信我们是最纯洁、最善良的人，这种类似信念在英国中产阶级和上流社会的家庭中很常见，我们以此自豪，因为自己是英国人。这种心态我依稀记得，还是从早期看世界地图的时候就有的呢。看看地图上所有粉红色的地方，全是我们的！多么幸运生来不是法国人啊！看看地图上那些可怜的紫色小点点吧。

这种种族的扬扬得意当然不能成为蛮横放纵的理由。和所有种族一样，我们也必须遵守相应的规则，才能名列前茅，除了关于如何说话、穿衣等傻乎乎的小要求之外，有三条很深的原则：不能懦弱，不能撒谎，但最重要的一点是，不能虚荣和自夸。最后一条之所以最重要，是因为这是孩子的野性里最难驯服、最易犯错的地方，所有托儿所的门上最好都刻上这句谚语：你不是海滩上唯一的石子。我认识一些人，有些还是我亲爱的朋友，到现在依然对这一原则认识深刻，因此要让他们接受一本以第一人称描写自己生活经历的书，相当困难，甚至完全不可能。

我很快就感觉到这种种族自满的荒唐可笑，

并确信自己没有再次滑入其中。但它产生的情绪
又另当别论，这种情绪虽然是基于一种胡说八道，
一种邪恶的胡说八道之上，却能持续良久，因为
这种情绪让人对自我产生把握。我的这种情绪曾
经被剥夺（因为我曾经遭受拒绝，而不是因为我
看穿了阶层的自鸣得意和扩张主义特征，尽管这
种看法也一定能帮助我修正自己的想法），这种
剥夺，这种对自信的摧毁，不论起因如何，都会
让人感觉到可怕的寒意。现在，我已经通过其他
方式给予了自己快乐，我知道小时候就熟识的、
令人舒适的温暖又回来了。如果这就是扬扬得意，
我情不自禁地觉得它就是，那我只能说我学到的
经验是，尽管旁观者会觉得反感，但这确实是一
种很舒服的状态，我愿意待在其中，而不是相反。
每个人都需要安慰，无可否认，走向晚景的路是
条下坡路。如果开端还不错，或至少发生的不愉
快比我预计的少些，而你又一直到现在都非常幸
运，你自然想充分利用这一点，但是"在我背后

/ 我总听见 / 时间带翼的马车急急追赶 [1]"，至少这就已经够令人清醒了，因为它不断提醒我们，这个世界上存在着比自我更强大的东西。

比如，在老年人中有这样一种常见的想法："哦，感谢上帝，我是不必去经历诸如全球变暖等事件了。"也许你确实不必担心全球变暖的问题，但它依然存在，并不因为我们没经历多少，或我没有孩子，不必担心他们是否会经历这一切，这个问题就自动消失……当我试图用这些话来安慰自己时，依然能够隐约看到别人的孩子。想到从个人角度，不必忍受这些，我会有轻微的解脱，但这种解脱却并没有伴随着通常随之而来的快乐。

谈到生命的宽广及其中蕴含的多样性，一开始似乎令人印象深刻。但随后你会意识到，除了提醒你相反的事实，又有什么用处？个体生命如此渺小，就算面对没什么比人类的生命更宝贵这种标准，依然是微不足道的。这一认知真令人头

1　引自安德鲁·马维尔的诗歌《致羞怯的情人》。

晕目眩,因此我在这里思考、打字,写下我"这样",我"那样",又有什么意义?我和我亲爱的反对者一起,问相同的问题:存在有什么意义?只是我必须承认,我的内心有一种与生俱来的期待。

不论每个个体和"自我"如何渺小,他、她、它都是生命用来表达自我的载体,透过这样的表达,为世界留下某种贡献。大部分人将他们的基因留在其他人身上,留在他们创造的其他事物上,留在他们做过的所有事情上:他们或被教育或被折磨,或被建立或被损毁,或整理花园或砍倒树木,于是我们的环境,也就是我们的命运,无论是城市、乡村还是沙漠,就这样在每个人的贡献下成型,不管这种贡献是有用的还是有害的。那些无以计数的个体产生了我们,我们又将自己的沙粒堆积上去。认为生存没有意义,就像有神论者看待无神论者一样,是十分荒谬的,反之,我们应该记住,尽管微乎其微,但每个个体确实有真实的贡献,不管贡献有益还是有害,这就是我们应该不断往正确方向努力的原因。因此,对于个体生命应该满怀兴趣进行研究，而我，唯一真正了解的只有自己，就像简·里斯面对类似忧虑时常说的一样。真的要研究，就应该在研究者不可避免的局限性之内尽可能诚实，因为如果不这样做，就完全没有意义，而且，读起来也会很无聊，就像我们读过的这般那等名流们写的自传一样。

　　死掉的东西并不是生命的价值所在，但这内藏自我的破旧残损的皮囊，连同着自我对自我的意识才是，这一切，将与所有人一样走向虚无。这就是为什么死亡和旁观者毫无关系，因为除非某人在无意识中逝去，即便将死的人，依然充满了生机，自我依然鲜活地存在其中。我到现在还记得当时坐在母亲床边想着："可是她不可能正在死去，她还在这里呢，活生生的。"她最后的话语"真神奇啊"，尽管不是有意为之，却非常精彩，她确实想告诉我些什么。生死之间的沟壑如此巨大而突然，所以，就算死亡是每个生命都已经、正在或将要经历的事，也会让我们深感震惊。真难想象亨利·詹姆斯[1]说死亡是"卓越的"之时，他到底在想些什么？死亡是生命里最常见的事情，不过这个可怜的老人在最后的喘息中说出这句话，也许我不该对此太吹毛求疵。

毋庸质疑，人们喜欢"临终遗言"，因为这样似乎能降低震惊的程度。考虑到死亡的物理特性，我不得不认为，大部分所谓的精彩之句其实也是似是而非的。但不管怎样，我还是愿意想象自己能说一句什么，就好比在一件值得纪念的事上签个字，这也是为什么我有时会为自己不信上帝而感觉遗憾，因为这样一来我就不能合理引述"上帝会原谅我的，这是他的工作"这句话了，这话总能让我大笑不止，当然，这话非常精彩，非常有理。就这样吧，我最后想说的话是，"没关系，不必担心未知"，或许这样想很傻，我必须承认，我希望自己不至于太快就必须说这句话。

1　亨利·詹姆斯（1843—1916），英籍美裔作家，文体家和文学评论家。

附　言

关于树蕨：现在它已经长出九片叶子，每一片都有十二英寸长，过不了几天，这些叶子就会长到它们的极限。在树干毛茸茸的顶端，有一点小小的绿色突起（叶子从这里发出来，也是我浇水的地方）。这个小小的突起，是新叶子的开端，它们刚开始时长得非常缓慢，而一旦长出，就朝向末端飞快地生长，我似乎都能看到叶片在运动。我曾经觉得自己永远也不可能看到它长成参天大树的想法并不错，但我却低估了观察它成长的乐趣。买它，确实非常值得。

译后记

知道并翻译戴安娜·阿西尔的《暮色将尽》纯属偶然，十年前一个在英国留学的朋友回国时给我带了这本书，说是刚获英国科斯塔传记奖的一个老太太写的自传，估计我会喜欢，就买来送我。一看之下，情不自禁就翻译出来了，因为我之前的翻译作品都是出版社先找到我，导致我完全不知道有关版权之类的东西，翻出来后才发现自己不知道该拿这薄薄的译稿怎么办，然后又有朋友说间接认识《译林》杂志的编辑，给了我一个 E-mail 地址，于是我把稿子寄过去，《译林》杂志出面谈了版权等等，就在当年杂志的增刊上发表了。《译林》杂志曾是很多热爱翻译作品的读者心目中的圣殿，作为译者，有作品能登上这本杂志，对我是相当荣幸的事情。然而世易时移，哪怕十年前，肯去订阅或去报刊亭买《译林》杂志的读者，也已经很少了，有时路过报刊亭随口问一句，大多数会回答没有这本杂志，就算有，库存也就一两本。于是，随着时间的流逝，报刊亭过季期刊下架，《暮色将尽》也就随之一并藏进了我心中的圣殿里，除了身边的朋友，很少有人知道。

今年夏天的某一天，久未联系的《译林》杂志编辑忽然找到我，说有出版社联系他们，对《暮色将尽》有兴趣，问我是否愿意交给他们发单行本，藏于圣殿的书能见天日，我自然开心。更高兴的，是还有别人能欣赏这本书，我能和更多的人们分享这本书，以及戴安娜这个人。

之所以一看到就情不自禁地译出来，是因为在阅读和翻译的整个过程中，我在心里一直对自己说，啊，这就是我想活成的女人的样子，这就是我想跟周围不同年纪的女性朋友分享的，一个女人在这个年纪应该有的样子，历经了生活的磨砺，终于活出的通透和智慧。这样的智慧和感悟用文字传达出来，如果在五十、四十，甚至更早的年纪能了解并体会，也许，会帮助作为女性的我们少些困惑，多些和解。就像在接近终点的某地亮起的一盏灯，不管我们从哪个方向走向它，有这么一星感悟的陪伴，能让我们觉得不这么孤独和黑暗。

但这并不是说戴安娜的回忆录里充满了满满的正能量或鸡汤。关于写作此书的目的，正如她自己所言，是因为"现在有这么多关于保持青春的书，还有更多有关生儿育女详尽的、实验性的经验分享，但有关凋零的记录却不多见。而我，正行走在这一凋零的路程当中，所以，为什么我不来记录？"

戴安娜出生于1917年，母亲的家族在诺福克有一幢坐落于一千英亩土地上的庄园，但由于时代的原因，已经开始没落。此时，女性的角色和生活也正在发生剧变，她的父亲从她小时候就开始警告她"你必须自己谋生"，这是与她同时代的女性和前辈女性们从来没有过的经验。而她尽管上了牛津大学，却依然觉得自己除了从家庭教养中学会的读书，似乎一无是处，从职业的角度，根本不知道自己能干什么。所幸，或说不幸，二战爆发了，在这个过程中，每个人都被迫去干基于战争需要的工作，没有精力和余暇去思考自己正常的人生。等二战结束，她也因为在那个时期的遇合，自然地参与到她短暂的情人兼一辈子的朋友安德烈·多伊奇的出版社创立计划，从此开启了自己五十多年的编辑生涯，一直在他所创立的出版社工作到七十多岁，曾做过诺曼·梅勒、约翰·厄普代克、西蒙娜·德·波伏瓦和 V.S. 奈保尔等著名作家的编辑，并曾被称为"伦敦最好的编辑之一"。

七十多岁退休后，她的身份又转换成了作家，主要的写作内容以自己的人生经历为主线，或以自己的角度去观察他人，既是回忆录，又像是某种有主题的纪实文学，因为她并非事无巨细地描写以自己为主角的生活，而是从自己的角度对人生发表看法。从这个意义上，可谓开创了当时的新文体，她九十多岁时出版的合集《人生课堂》，就集合了她不同角度的四本回忆录，分别是《暮色将尽》《长书当诉》《未经删节》《昨日清晨》，后面的三本书，其主题关注于情感生活、编辑生涯和父母的婚姻。

写作《暮色将尽》的时候，戴安娜已经近九十岁，在短短七万多字中，她探讨了变老与死亡、爱情与性、宗教、和年轻人相处、兴趣爱好、阅读和写作、后悔和遗憾等等话题，以自己的人生经历为注脚和线条来联系并展开，把种种到了这个年纪可能面临的问题，以及这个年纪回顾自己人生重要事件的看法和盘托出。

戴安娜一生未婚，也没有孩子，她一辈子围绕着文字工作，到了暮年，已经人书俱老，其文字辛辣幽默又不乏从容，一针见血又常常让人会心一笑，貌似絮叨却全无废话，有一种英国人特有的略带自嘲的清醒。她宣称自己从四五岁开始恋爱，爱情、艳遇伴随一生，直到将近七十岁她最后一个恋人因心脏病发作而亡，才进入性的消退期。她说自己"尽管年轻时经历了这么多浪漫爱情的风风雨雨，到现在我才意识到自己最合适的角色显然是做第三者"，她认为"相较于年轻男性，性湮没年轻女性的情况更甚，因为性对她们的消耗远多于男性"女人的自我常常泯灭于性活动之中，很多人到了中年以后才慢慢找到性以外的自我存在，有些人永远都找不到"……这些话，貌似肆无忌惮，实则在经历痛彻心扉的经验中严肃思考的坦率感悟，有一定积淀和经历的女人，很难不被她打动，因之思考自己的人生。

计划出单行本，我才注意到戴安娜刚刚于2019年去世，终年101岁，承袭了家族的长寿基因，对于死亡的感受，她是否真如自己所承诺的，"到时候我一定会想办法告诉你们"？我忽然想起几天前电影里的一句话：为什么大部分人都如此害怕死亡，却又鲜少珍惜生命呢？

对于喜欢的书，戴安娜说过，与其简单介绍，不如自己去读。

曾嵘

2021 年 11 月　北京

图书在版编目（CIP）数据

暮色将尽 / (英) 戴安娜·阿西尔著；曾嵘译 . -- 成都：四川人民出版社，2022.7（2024.5 重印）

ISBN 978-7-220-12643-7

Ⅰ.①暮… Ⅱ.①戴… ②曾… Ⅲ.①回忆录—英国—现代 Ⅳ.① I561.55

中国版本图书馆 CIP 数据核字 (2022) 第 073496 号

四川省版权局
著作权合同登记号
图字：21-2022-205

Originally published in English by Granta Publications under the title Somewhere Towards the End, copyright © 2008 by Diana Athill.

Diana Athill asserts the moral right to be identified as the author of this work.

本中文简体版版权归属于银杏树下（上海）图书有限责任公司。

MUSE JIANGJIN

暮色将尽

著　　者	[英] 戴安娜·阿西尔
译　　者	曾　嵘
选题策划	后浪出版公司
出版统筹	吴兴元
编辑统筹	尚　飞
特约编辑	郝晨宇
责任编辑	杨　立
装帧制造	墨白空间·李易
营销推广	ONEBOOK
营销编辑	陈高蒙

出版发行	四川人民出版社（成都三色路 238 号）
网　　址	http://www.scpph.com
E – mail	scrmcbs@sina.com
印　　刷	天津联城印刷有限公司
成品尺寸	110mm × 172mm
印　　张	7.5
字　　数	94 千
版　　次	2022 年 7 月第 1 版
印　　次	2024 年 5 月第 11 次
书　　号	978-7-220-12643-7
定　　价	49.80 元